うんじゅが、ナサキ

崎山多美

花書院

目次

装本／石原一慶

うんじゅが、ナサキ

届けモノ

　あの声はいつも、起きがけか出かけしなのわたしを呼び止めるようにして、やってくる。にわか雨のように天の裂け目からとつぜん降ってくると感じるときもあるが、部屋の壁や床下、天井、玄関ドア、果てはトイレや流しのあたりから、何十年何百年もそこに吹き溜まっていた澱が洩れてくるという気がすることもあって、ときに、遥かなる世界から何者かの声が囁きかけていると感じることもある。

　今朝はこんな調子で始まった。出かける支度に手間取っていたときだ。

〜〜えエーえエー、あんし、アワてィてィ、マーかい、イちゅが？

　あ、きたか、と即座に首をすくめ身を硬くした。が、次の瞬間わたしは、声がすると感じられた天井の方へ一旦すくめた首をぐーと伸ばしていた。あれれッ、とあわてて首をひっこめようとしたのだが脳天が吊られるようになった。挙句に、あろうことかわたしは、その声に応答してしまっていたのだった。

「いつもの仕事よ、あわてているのは時間がないからでしょ」と。

因みに、先の、ぇエーぇエー、の調子を逐語訳すると、～～もしもし、そんなに、慌てて、どこに、行く？　である。

幾度かこの声に呼びかけられるうち、わたしは、ところどころ訛ったニホンゴが混入するあれのコトバをかなりの程度理解できるようになっていたのだった。今朝はうっかり応答してしまったあと、呼びかけをふり切り部屋の鍵を手に玄関ドアの前に立った。すると、

～～ヌーぬ、しごとが。（どんな、仕事？）

とくる。ドアノブに手を掛けたまま部屋の奥へ首をまわした。今の声はそのあたりから聴こえてきた気がしたので。

「あのね、わたしがどんな仕事をしていようがアナタには関係ないでしょ」

と言うと、

～～ヌーしちん、いかねー、ならんな？（どうしても、行かねば、ならないのかねぇ）

「そうよ、だって、仕事だから」

～～しごと、んじムンや、やらねー、ならんむんな？（仕事というものは、やらねばならないものなのかねぇ）

「そりゃそうよ、仕事なんだから」

～～ヤンなぁ（そうねぇ）……。

ノブに掛けた手を押し出すことができなくなった。

～～あんどゥやれー、イキわる、やるいィ。（それなら、行ったほうが、いいねぇ）

あっさり言われた。かえって気持ちが揺らぐ。ほだされるようになってわたしは言った。

「あ、ううん、ほんとうは大丈夫なの。じつは、わたしの仕事ってさ、一日くらい休んだからって、売り上げに影響するとか、誰かに迷惑がかかるとか、そういう種類のものではないのよね。必要があればいつだって休めるっていうのが、今わたしのやっている仕事のいいところといえばいいところなの」

～～ヤン？　あんどゥやれー、ユクイわる、やるいィ。（そう、そういうことなら、休んだほうが、いいねぇ）

そのひと言にわたしは大きく頷き返してしまった。そっと靴を脱ぎ、玄関に背を向け、パジャマを放り投げたままにしてあるベッドにごろりと寝転がったのだった。知らぬまに又寝をしていた。…………コ、コココ、とリズム遊びをするような音を聴いた。夢の音というのではないらしい。ヒトの気配がする。起き上がった。相手を確かめもせず、先ほどは押し出すことのできなかったドアを一気に開けた。

「こんちわー」

透き通った高い声がドアの向こうから吹いてきた。

「ちわー」

と返したのはわたし。相手の調子に反響して軽く跳ねた自分の声にうろたえ、見ると、一分刈りに剃りあげた頭を青くてからせた男がひとり、ぽつと立っている。ティッシュの箱を四段二列に並べたくらいの包みを両手で抱えて。

いつのまに外は小雨がそぼふっていた。朝の南風が雨を部屋に呼び込む。坊主頭の男は包みを濡らすまいとするように片手に持ち替え、空いた方の手ですばやくドアを引いた。童顔色白の、大人か少年か判断にこまる背の低い男だ。

「＊＊＊さん、ですね?」

くりっと愛嬌のある目がまっすぐにわたしを見上げている。

「はい、一応……」

「お届け物です」

坊主頭は両手で包みを捧げるようにし、にっこり笑った。邪気のない笑み。あまりの爽やかさにぎくりとなった。咄嗟にわたしは両手を後ろにまわした。すると相手は包みを突き出すようにする。顔から笑いが消えていた。いわれなき暴力を受けたというような傷ついた目がわたしを見据えている。さきほどの、こんちわー、より一オクターブ低い声で坊主頭は言った。

「受け取っていただかないと、こまります」

慌てて荷物を受け取った。思いがけない重さに一瞬腰を落とした。

「ワタシは、単なる使いの者です。このお荷物の内容に関してなんの責任も一点のかかわりも、ありません」

いっそう低くなった声で坊主頭は言った。もっとなにかを言いたげに唇をもぐつかせたが、慇懃におじぎをし、すばやい動きでドアを、バタン。

青い頭の残像がなかなか消えない。濁った感情を鎮めるのにちょっと時間がかかった。

荷物を受け取ったはいいが、どうすればいいのか。よく見ると、包みにはわたしの名前も差出人も記されていない。使いの男は依頼人から直接手渡されたものと思われる。或いは、誤って配達されたということか。いや、たしか男はわたしの名前を確認したではないか。とすると、この届け物がわたし宛であることは間違いないのだろう。

開けてみることにした。

四隅に張りつけられたセロハンテープをひき剝がすと包装はたわいなく破れた。中には、水色の表紙で閉じられたファイルが重ねてある。四六判のハードカバー350ページ程度の厚さのものが、何冊か。引っ張り出す。表紙に、「記録z」「記録y」「記録x」……と、几帳面な硬い手書き文字が黒のボールペンで記されている。一冊取り上げた。ぱらぱらとめくる。横書きの、四角ばった小さな手書き文字だ。几帳面な感じはファイルの表紙に記された「記録、z、y、x……」と似ているが、この方は、極端な右上がりの癖の強い字体で同じ人の手になるものではないことが分かる。ざっと目算するに、1ページに千字くらいが埋められ、4、5ページ毎、ところによっては、10～15ページ毎にくっきりとした日付が記されている。日記の体裁で書かれた、なにか――。

開いたままのファイルをじっと見つめていると、突然、視界が回転した。え？　と思うまにわたしはぐにゃりとへたりこみ、顎を床に突いた。いでででで。目の前が、ぐらららららら。闇夜で何者かに襲われ体を逆さに吊り下げられた、とでもいう衝撃に見舞われた。気がつくと、背後から捻じ伏せられた格好になって床に転がっている。

雨の匂いを含んだ風が流れ込んだ。振り返るとドアが開いていて、玄関先に茶封筒が置いてある。中から、すこん、と落ちてきたのは一枚のフロッピー。

海端でジラバを踊れば

〈墓地に立つ〉。

「z」と記されたファイルの初めの一行目に、そう書かれてあった。２０＊＊・＊＊・24の日付のあるページ。＊＊の部分は、意図的に消したものか、ただの汚れか書き損じか、ボールペンの黒い染みで潰され読み取ることができない。

詩の書き出しのような毅然としたその短文は、わたしの心に、
墓地に立て。

と命令文で響いてきた。それでわたしは、「立つ」べき「墓地」を探すことにしたのだった。

届けられたこのファイルは、どこの何者とも知れぬものがなにかの目的で、いや目的など全くないままに、止むに止まれぬ衝迫に駆られとにかく書いてしまったものにちがいない。それを偶

然読んでしまったのに、読まなかったふうを装ったり無視したりすることは、なにより書かれたモノに対する冒瀆であり、人としての仁義に反する。とどのつまりそれはこうして読んでしまった自分の身をも亡きものにする自滅行為である、とでもいうようなとつぜんの強迫観念にわたしは搦められてしまったのだった。

さて、行を替えて続くその後の「Z」の記述を追っていくと、墓地は、わたしの住むこのマチから「南」の方角にある、ということになっている。しかもそこは、このシマのもっとも南端の海洋を望む崖上にこんもりと茂っているらしいアダンの林を隠れ蓑にしてあって、わたしのアパートから「南に向かって」ひたすら「迷うことなく」歩き続ければ、「必ず行き着ける」場所である、とも。その記述の中になぜわたしの住むマチやアパートの名前が記されているのかという疑問は即座に起こったが、墓地を探すことを決心するや、わたしは、疑問を抱いたそのこと自体をすっかり忘れてしまっていたのだった。とにかくわたしは墓地を探すべく「南」に向かう支度をした。

支度といっても旅行をするわけではないので、わたしが今手にしているのは、仕事と称して出かけるとき、いつも分身のように持ち歩いている一冊のメモ帳と一本のボールペン。携帯と、有り金を残らず突っ込んだ財布。それらを押し込んだちょっと大きめのショルダーバッグ、だけ。

正午をちょっと過ぎた時刻。

記述の指示に従って南へ歩く。小雨の晴れた空は明るく澄みわたり、ほどよい南風も吹いて、出歩くのに最適の天気である。とりあえずわたしは東海岸沿いのバス道路を通って阿爾《アジ》ジマを目印に国道329号線に出ることにした。

阿爾ジマというのは、東の海上に浮く小島である。シマの中央部に尖った珊瑚礁の山を頂くシマの形が、縒《よ》れた烏帽子をかぶった痩せ侍が胡坐をかく姿を想わせるシマだ。東海岸沿いのどこにいても目に付きやすい。それで、阿爾ジマのとんがり頭を目印にすれば途中でへんな方向へ迷い込まずに済み、南の崖上にあるという目的の場所、「墓地」に辿り着けるはず。そんな単純な思い付きで行動を開始したのだった。

あえて実情を告白するなら、わたしは、人並外れた方向音痴である。車どころか運転免許も持っていない。わたしの住むマチは、ときに中央視線からは「辺境」と呼ばれたりもする政治的話題には事欠かないシマの一部であるが、鉄道路線はなく、唯一の交通機関であるバスを利用するにしても、行き先が南の方というだけでは具体的にどこ行きのどの路線に乗ればよいのか、まるで見当がつかない。うっかりするとこの身を危険に曝す憂き目に遭いかねない。かといってタクシーなどを頼むのは身分不相応である。あれこれの事情からしてわたしは、墓地を探すための南への道を徒歩で行くしかないのだった。

行き交う車の騒音がいつものようには気にならない。人の通りも疎らで、明るい昼間なのに周りが影絵のように静かだ。荷物を詰め込んだ愛用のショルダーバッグを、左右の肩に掛け替えながらてくてく歩いていると、汗だくになった。アパートを出て十五分ほど行けばM村の区域に入る。その村の東方には我鬼崎《ガキ》という岬が海洋に突き出ていて、その手前に広がるウージ畑を抜けて海沿いへ向かえば防波堤があるはずだった。そこで少し休憩を入れようと思った。周りの地形はぼんやりとだが覚えている。覚えているとはいっても、実際にこのあたりを通ったのは小学校の遠足かなにかのときだったか。

およそ三十年も前の記憶をたどって、てくてくとわたしは歩く。記憶の中でウージ畑が広がっていた場所は、瀟洒な一戸建てやマンション、大型スーパーやファストフード店が目立つ新興住宅街と化していた。かつての村の風景は地方のミニ都心の様相を呈し、海は、建物のあいだに浮かぶだけ。隙間に見える海の風景と潮の匂いを頼りに、目当ての海岸端に辿り着く。

見渡すと、粗いセメント作りの防波堤は崩れがひどい。落書きやら苔や黴やらでうす汚れ、防波堤というより、なかながと伸びきった巨大な海蛇が背中をくねらせ海と陸のあいだに寝そべっている、という感じだ。小学生のころには立ちはだかる壁を見上げるようだった防波堤は、わたしの額の高さである。うろうろしていると、防波堤の向こうで動くものの気配がした。背伸びをして堤の崩れから覗いた。

海面に反射する陽が眩しい。遠くまで浅瀬が広がっている。干上がった岩礁の上に、いくつか棒状になった影が動いているのが見える。影が陽炎のようにゆらめき、海辺に降り立った宇宙からの帰還者が不安定な足場にふらついているとでもいうように、ふぁんふぁんと輪郭があいまいにゆれている。じっと見ているとそれらはヒト影であることが分かる。ゆらめくヒトの影を数えた。ひとつ、ふたつ……むっつ、だ。

奇妙な光景である。

六つのヒト影は、浅瀬に突き出た棒状の小岩のまわりを立ったり座ったり、手足を上げ下げするうごきを繰り返している。頭や腰を振りふり、ひねったり、ゆすったり……うねるような跳ねるようなうごき。時折、水しぶきが、ぽしゃーん、ぽしゃーん、と跳ねる。小岩を取り囲みその周辺をまわりながら岩に潮を掛け合っているようである。なにやら心引かれるので目を離さずにいると、そのうごきには一定のリズムがあるのが伝わってきた。沖の彼方から大波を呼び寄せるような、波に乗って泳ぐ仕草を演じているような、ゆったりのったりしたリズムのうちにときどき荒あらしく体全体を揺らすうごきが入る。見ているこちらの心もワサワサと揺れだした。

「なぁにを、してるんですかぁー」

ワサワサと心が揺れるままに自分でもびっくりするような大声で呼びかけていた。すると、一斉に彼らのうごきが止まった。わたしを振り向く。もっとも手前のひとりと目が合った。そのひとりが此方へやって来る。ばしゃ、ばしゃばしゃ、水をはねる音とともに、やって来る。男のようだ。わたしは精一杯背伸びをし、壊れた防波堤のへこみから身を乗り出した。近づくなり男は首をぐーと伸ばしてき、囁くように言った。

「あんたも、一緒に、やるか」

しゃがれ声だ。老人ふうの物言いをする。見た目は恰幅のいい、浅黒い顔に濃い目と眉を備えたシマイケメンの青年なのに。ジーンズと縦縞の入った紺地のかりゆしウエアをさりげなく着こなしている。青年が老人を演じているような、その逆のような、半端でなにかちぐはぐな感じだ。

「一緒にやるって、あれ、を、ですか？」

「そうさ」

「なんですか？　あれは」

「やってみれば、わかるさ」

「いえ、遠慮します」

「いや、遠慮することじゃないから、これは」

「いえいえ、わたしは行かなければならない所があるので」

「ちょっと寄り道するのも、悪かないさ」

「いえ、いえいえ、こんなところで時間潰しをしてはいられないんですよわたしは」

急ぎの用があるふうを装った。

「そんな冷たいこと言わんでさ、ものにはついで、ってことがあるだろ。ほれ、ちょっと、やってみるだけだからよ」

男の物言いはなにやらしつこい。

「いいえ、いいえ、わたしには関係のないことです」

わたしの方も拒絶の語気を強くする。

「関係ないこと、ないさ」

男は全くひるむようすを見せない。

「どうして、関係があるんですか」

「ほれ、あんたは、オレらを大声で呼んだではないか」

「呼んだのではなく、なにをしてるんですかぁ、って訊いただけです」

「同じことさ、訊くのも呼ぶのも」

「訊いただけ呼んだだけで、関係があるってことになるんですか」

「ほれほれ、こうしてあんたとオレは話をしているだろ、この歴然たる事実が、オレとあんたは関係があるっていうなによりの証拠じゃないか。縁起、っていうコトバがあるのを、あんた知らんのか。袖振りあうも他生の縁、っていう言い方だってあるだろが」

男はややこしいことを言い始める。わたしはいらいらしてきた。ずっと爪先立ちの足もじりじりとしびれてくる。早くけりを付けなければ。

「いいえ、いえいえいえ、なんと言われてもわたしには関係ないです。それに、あなたたちのやっている、あれは、わたしにはよく分からないことだし」

「なに、そんなにこむずかしく考えることなんかないさ、ほんとによ、ただちょっとやるだけだからよ」

男は簡単に引き下がりそうにない。どころか、今にも堤を這い上がってきてわたしをそこへ引きずりこみそうな気配になる。ぐーと顎を突き上げて話す浅黒いシマイケメンの顔と数十センチ先で見合っていた。

「っていうかよ、じつは、みんな、あんたが来るのをずーっと待っていたさ」

なんてやつだ。わたしを待っていたなんて、鼻白むような嘘を平気で言う。面倒くさくなってわたしは首を引っ込めた。踵を返す。

「おーい、＊＊＊さーん」

ぎくと立ち止まる。これは聞き違いか。こんなところで見知らぬ男から名前を呼ばれるなんて。男の姿は崩れた防波堤の向こう。声だけが伝わってくる。

「無駄な抵抗はやめたほうがいいよぉー、あんたはさぁー、もぉー、ここから、逃げられないんだよぉー」

引き返してもう一度崩れから顔を覗かせた。するとそこでは、残り五人のヒト影がずらりと横一列に並んで、おいでおいでの仕草をしている。幾つもの手首が笑うようになって、ひやっひやっ、と振られた。間違いなくわたしに向けられて。

「な、なんですかぁ、あ、あなたたち」

ひやっひやっ、が一層大きくなる。

「どぉーして、そんなふうに、わたしに向かっておいでおいでをするんですかぁ」

「ここに来ればぁ、わかるさぁー」きーんとした女の声が返ってくる。

「どぉして、そこに行かないとわからないんですかぁ」

「来ればわかるって、言ってるだろぉー」これは男の声。

「そこへ行けば、ほんとぉーに、わかるんですかぁ」

六つの影が頷く。うん、うんうん……。頷きながら、わかるさー、わかるさー、と一斉に声を上げるので、わぁかるさぁー、わぁーかるぅさぁー、と声がハモった。

「じゃーあ、これから、わたしは、そっちへ行きまぁーす」

あっ、ちちちちっ。首をすくめながらもわたしは自分の発した言葉に抗うわけにはいかなくなった。わぁかるさー、の合唱に乗せられた。危なげなさそうな防波堤の崩れを見つけ、背後の道路沿いに捨てられた粗大ゴミの中から引っ張り出してきた木箱を足場に、堤に上がった。目の下で、シマイケメンがもう一人のほっそりした色白のやつを肩車にしてわたしを誘導している。

「ほれ、乗った乗った」

わたしはジーンズにズックを引っ掛けた足をあられもなく広げ、ほっそり男の肩に跨った。ぐらとひと揺れする。慌てて相手の頭にしがみつくと、二人の男はじゃばらのように畳まれて人間椅子になった。ぐっぐぐっと目線が下がる。

岩礁の上に立つ。

遠くまで潮の引いた海が広がった。左手に海洋に食い込む半島の先、右手に阿爾ジマのとんがり頭がくっきりと浮いている。その風景のなか、所々に海鼠や貝や雲丹がへばりつくぎざぎざの岩礁の上を、二人に従《つ》いてじゃぶじゃぶと歩く。岩のある場所に辿り着く。

　残りの四人がそこで棒状の岩を囲むようにして陣取っていた。やせっぽち、太っちょ、ちび、のっぽ、とばらばらな感じのするヒトたちだ。四人とも目元の表情がくっきりとしてやさしげだが、目の奥に鋭い光を湛えている。四人とも女のようだ。シマイケメンとほっそり男はどちらもジーンズにシャツという普段着姿なのに、女たちは、黒のスパッツの上から上半身に膝まで隠れる長い半纏のようなモノを引っ掛けている。祭りの太鼓打ちの衣装を思わせた。年齢はよく判断できない。母親と娘のようにも、あまり似ていない姉妹のようにもただの知り合いというようにも見えるが、さりげない親密な関係を匂わせている。四人こぞって、そそそとわたしに近寄って来る。

「ハイ、その荷物は、こうしようね」

　囁くような声を出す小柄な女が、ひょいとわたしからショルダーバッグを取り上げた。慌ててバッグを取り返そうとすると、女は、すばやいうごきでバッグを小岩のとんがりに引っ掛けた。わたしを振りかえり、にこっとこぼれるように笑う。

「こんなものを持っていては、上手にあれができんでしょ」

　と言ったのは、のっぽの女。キンキンとした声を出す女だ。

「ここで、わたしは、なにをすればいいんですか」

「ハイよ、よく訊いてくれたさ」

癖毛の髪をぼうぼうと風に靡かせた、太っちょでがさついた感じの女が言った。

「こうしてね、ウチらと同じように、手舞い足舞いをすればいいだけさ、かんたんだからよ、すぐできるさ、ハイハイ、始めよ始めよ」

言いながらも、がさがさとしたうごきでぼうぼうの髪を振りふり、手舞い足舞いをやりだす。

「あんた、時間がないんだろ、だったらテンポを早くしようね、ハイハイハイハイ……」

ぼうぼう髪の女が囃し始めると、他の五人も後に続いた。ハイハイハイ、が早弾きサンシンのリズムになって、はへはへはへはへ……となる。防波堤から見たときのあのうごきがテンポアップして始まった。指南のようなものはとくにない。四人と二人の男女がてんでに手舞い足舞いをやりだしただけ。岩に向かって手を上げ下げ、左右にゆらし、腰をふり、ひねり、屈んでは伸び上がり、頭をぶらぶら、肩をゆすりゆすり、足をはねはね……。

この地域には昔から、カチャーシーといって集会や祝いの席やらで打ち上げにやられたりする、ヒヤヒヤ、ヒヤサッサ、という調子の総舞踊があるのだが、これはそれとも異なる。あえて喩えるなら、フラとツイストとタップに阿波踊りをごちゃまぜにやるとこうなるかも、と思わせる、はちゃめちゃなうごきだ。ぐらぐら感はあるが、ゆたりゆたりとした波のリズムが基本に流れている。ハイハイハイ、はへはへはへ、の掛け声にあわせて六つの影が、ゆら、ゆらら、ぐら、ぐらら、と揺れ続け、その間合いに、ぽしゃーん、ぽしゃーん、潮水を小岩に掛ける仕草が入った。ぽしゃーん、と水が上がるたびに、岩にひっ掛けられたわたしのバッグが濡れてしまわないか気になったが、皆、バッグの位置を上手に避けて水を掛ける場所を選んでいるようであった。

　こんな、見たことも聞いたこともないうごきをわたしがいきなりできるわけはないと思ったのは束の間。ハイハイハイ、と囃し立てられ、はへはへはへ、と見よう見まねで手をあげ足を跳ね、腰を振ったり飛び上がったりしているうちになんとなく乗せられ、いつのまにわたしは彼らの輪のなか。ゆらり、ゆらゆららら、ぐらり、ぐららららら……。

「そうそうそう、その調子、その調子」

　恥ずかしげに背中を屈めていた、やせっぽちでおかっぱの女が声を掛けてくる。

「上手、上手、いい調子いい調子」

　透き通った声で言うのは、小柄な女。

「そうそうそう、はへはへはへ、ハイハイ、ハイハイっ……」

　のっぽのキンキン声が真向かいで上がる。前後左右からわたしを囃し立てる掛け声に励まされ、いよいよわたしは、はへはへはへ、そうそうそう、のリズムに乗ってゆく。ゆららららら、ぐららら……。風に身を任せる波になったよう。

「意外に面白いですね、これ」調子に乗ったまま、わたしは言う。

「だろ、だろ、だから言ったさ、あんたはもう逃げられんって」とシマイケメン。

　うんうんとわたしは頷き、腰を揺らしつつ、訊く。

「これ、なんと言うんですか」

「ジラバ、だよ」

「ジラバ、ですか、なにかの儀式の余興のようなものですか？」

「………」

「わたしみたいな余所者がやっても、いいものなんですか？」

「………」

「あ、余興とかいう、そんな、かるーいものではないんですね、みなさんにとっては、なにか共同体の存続をかけるような、おもい意味を持つ、とてもたいせつな……」

「正式には、ジラバブドゥリ、と言うんだ」

「ブドゥリ、あ、おどり、ということですね」

「そうさ、ほら、踊ってるだろ、オレもあんたも」

「ほんと、これ、おどりになってますね、体操とか運動とかのように、無理に筋肉を使うのではなく、身体のうごきとしても、しぜんに、リズムに、乗れて、こう、して、なが、れる、ように、つなが、って、いき、ます……ちょっ、と、雑、な、かんじ、は、します、けど……いちおう、お、おどり、です、ね、これ……」

息を切らしながら言いつづける。

「一応、は、余計だね、あんた」

のっぽのキンキン声が、長い首を振り回しながらわたしの知ったかぶりに、釘を刺す。

「ジラバはね、どこの誰がやっても、ちゃんとした踊りになるものなの」

両手を突き上げ、やせのおかっぱ頭が諭す。

「そうやってすぐに、なんたらかんたらと理屈でくるからよ、わかるものもわからなくなるじゃないか、あんたは」

ぼうぼう髪の声高ないやみ。

「リクチャー（理屈屋）はいかん、いかん、ただ踊ればいいんだ」

言いながらも、思わず吹き出しそうになるほど大仰に腰をゆするのは、ほっそり男。あれこれの言い分を聞き流し、すかさずわたしはもう一度突っ込みをいれる。

「ところで、ジラバの由来は、なんですか？」

途端に、空気が凍った。わたしの両脇で腰を揺らしていたシマイケメンとほっそり男が、ぷっとそっぽを向く。それでもわたしは口にした疑問をひっこめるわけにはいかない。

「だれか、教えてくださぁい、ジラバ、ってなんですかぁ」

真向こうで踊っている女たちに向かって、わたしは声を張りあげる。彼女たちに負けじと、大きく両手首をゆらし肩腰をゆすりあげながら。ちょっと間《ま》があって、女たちの声が、はへはへはへっ、に乗って返ってきた。

「ジラバが、なんであるかは、おどった者の心が、悟るべきことだと」

「そういう、昔からの、言い伝え、だがよっ」

「そうそう、こうしておどってみなければ、わからない、ってことよ」

「つまりね、おどらない者には、絶対に分からない奥義が、ジラバには、ある、ってわけ」

ぼうぼう髪、のっぽ、小柄な女、おかっぱ頭、の順で畳み込むように歌うように言う。

「でも、このあと、どうなるんですかぁ、このジラバブドゥリは」

「あれこれ考えなくても、いいさぁ」のっぽのキンキン声が耳を突く。

「踊っていれば、それで、いいさぁ」ぼうぼう髪の投げやりにも聴こえる声。

するとまた一斉に合唱が始まる。いいさぁ、いいィーさぁー、いーいィーさぁあー、と、発声練習でもするように、空に向けて大きく開けた口から同時に声を発している。今にも空を食べてしまいそうな迫力だ。ゆら、ゆらら……のあいだに合いの手のように入る、いいィーさぁー、が海の腹を揺すりあげた。それが、とつぜん止んだ。ゆら、ゆらら、のうごきも止まる。海上が水を打ったようになる。そそそとみんな小岩の周りに屈みこむ。誰も息切れをしている様子はなく静かな趣で岩礁の上に膝を立てている。両手を額に当て何事かを呟きだした。フツ、フッフツフフツ、と聴こえる。祈りの言葉のようだ。何にたいし何を祈っているのかは聴き取れない。

フツフツフツ……と声が水に流れる。

祈りの声が海上を静かにわたって水に溶ける。言葉を発しながら六人の男女は頭を垂れた。ゆっくりと背中を深く曲げる動きに変わる。体の柔らかなヒトたちだ。ジラバブドゥリの効用か。ヨガでもやるようなゆるやかさで、頭と背中半分が股の間に入り込むまで折れ曲がっていく。やがてその姿は岩礁の瘤に見えてくる。太っちょもほっそりものっぽも小柄なのも、だんだん、だんだん丸くなる。六人のヒトが岩の瘤になっていく気配の中でわたしは目を閉じ、手を合わせる。そうしながらもつい想い浮かべてしまう。なぜ岩を拝むのかと。しかし今度はすぐに打ち消す。ジラバの意味を問うことも。今そこに在るものに手を合わせること。そうすることだけが、ここにいる自分を自分自身にする唯一無二の行為である。フッフッフッに耳を浚われながらわたしはそんなことを想っている。

そのうち声は聴こえなくなった。海鳴りが胡弓の響きのように唸る。ジラバブドゥリと称する一連の儀式はもう終わったのか。様子を窺おうと顔を上げた。

皆、立ち上がっている。海蛇のように首をくねくねと伸び上がらせ沖の方にあるなにかを探すふうである。探すというより、遠くからやって来るものの気配を窺っているよう。わたしもその方へ目をやるが、特別なものを認めることはできない。そこに見えるのは我鬼崎の影と一片の雲もない空の広がりだけ。頭ひとつ抜き出たのっぽ女が沖の方へ身を乗り出した。駆け出す。それに反応した三人の女があとに続く。ばしゃっ、ばしゃばしゃっ、と潮水を跳ね、女たちが沖へ身を投げだすように駆ける。立ち止まった。

「来る、ようだ」ぼうぼう髪の緊迫した声が高く上がった。

「来るか、やっぱり」女たちのうごきに取り残されていた男二人が、同時に応える。

「来るよぉ、もうすぐだぁ、ひゃあー」のっぽのキンキン声がひっくり返る。

「来る、来る、くるくる……」

やせっぽちも小柄な女に肩を寄せていく。周りがあわただしくなった。来る、くるくる、と言い立てながら全員が空を仰ぎ、両手をあげ、くるっくるるる……とまわりだした。ジラバブドゥリは終わったわけではないようだった。はへはへはへ、のリズムを三倍速くらいにした回転ブドゥリが始まった。ブドゥリというより、海上のスピンだ。六人の男女が岩礁の上を暴れまわるようにくるくる踊りまくり、蹴り上げる潮水が、ぽしゃ、ぽしゃぽしゃしゃーん、と空に。それぞれがてんでに回転しつつ、わたしの位置から遠ざかり、あらぬ方向に散っていき、水飛沫の織りなす線香花火が海上に描かれる。回転ブドゥリはいよいよ闇雲な感じになって、見ているわたしもワサワサと心が騒ぐ。手足がもそもそとうごめきだすが、いくらなんでもこの速さと無闇さにはついていけない。

それにしても、一体、なにが来るのか。

彼らの誘いに乗ってこうしてジラバに興じてしまった以上、わたしはそれを確かめる必要があると思った。沖の方を見やった。が、そこにはやはり、阿爾ジマを挟んで遠くや近くに浮く大小二つの淡いシマ影と、なにもない空を確認するばかり。

回転ブドゥリが、いきなり、止まった。彼らが一斉にわたしを振り向く。

「おーい、あぁーんたぁー」ぼうぼう髪の喉を引き裂くような呼び声。

次いで、

「ヒンギ（逃げ）れェー、ヒンギレー」シマイケメンの緊迫した声が。

「ヘーク（早く）どォー」

「ヒンギレー、ヒンギレェー」

「ヒンギレー、ってば、ひゃあー」

ほっそり男、のっぽ、やせっぽちも小柄な女も、ありったけの喉で叫びながら、行け行けという手振りと同時にこちらに駆けて来る。目を大きく吊り上げ、六人全員がびっくり目玉になって駆けて来る。わたしは吹きだしそうになるのを堪えている。ほんとにもう、ばかなことを言ったりしたりするヒトたちだ。海はこんなにも穏やかで空もこれ以上はない爽やかさなのに。それでも先頭の男二人は、高波のような勢いでダッシュしてくる。わたしに向かって両手を大きく左右に振り回しながら、ヒンギレー、ヒンギレー、と途切れなく叫んでいる。背後の女たちも、行け行け、とジラバの名残の動きで両手を前後にこねり、なより、ふるふるふるるる……。

果たしてこの光景は、わたしと関わりがあるのかないのか。わたしがぼんやりしている間にも男二人がわたしの前にしゃがみ、二段の肩車を作る。防波堤から岩礁の上に下ろしてもらったときのあの体勢だ。乗れ乗れ、と言う。言われるままにわたしはシマイケメンの肩から這い登り、ほっそり男の肩に跨って頭にしがみつく。潮水で濡れたわたしのズックが彼らの上着を汚してしまっているのが気になるが、そんなことはおかまいなしに二人は、ヘーク、ヘークどォ、と急かしにせかす。人間じゃばらは、ぐらとひと揺れしたあと、ぐぐぐっとわたしを防波堤の縁まで持ち上げた。縁へ足を掛けようとしたとき、

「おぉーい、あぁーんたぁ、忘れもんだぁー」

のっぽ女が叫びながら駆けて来る。おそろしい俊足だ。短距離走の記録保持者かと思われるような超スピードで、のっぽ女は岩礁を駆けて来る。わたしのショルダーバッグをぐるっぐるるっと振りまわし。防波堤に上がってから忘れ物を受け取った。反射的に、バッグのポケットから携帯を取り出す。カメラをセットし、彼らに向ける。

「アホっ、そんなもんに、オレらは写らんっ」

シマイケメンが怒鳴る。それでもある切迫感から、手前の三人と小岩の周りに立つ女たちに向け、何枚か撮る。

「アホアホっ、ムダなこと、やるなやるなっ」

「時間がないって、言ってるだろーがっ」

「早く行け、いけえーっ」

「ヒンギレっ、ヒンギレェー」

「ヒンギレェー、ってば、ひゃあっ」

「へークってば、ひゃ、ひゃあっー」

わけは分からないがわたしはうんうんと頷き返し、大あわてで携帯を収めたバッグを抱きかか

えて、彼らに背を向ける。そして、ぎゅっと目をつむり防波堤から飛び降りた。途端、怒号のような轟きに背中を叩かれる。怒濤の中に、けたたましいヒトの悲鳴が。

思わず振り向く。防波堤が反りあがるようになってわたしの頭上高くに聳えている。立ち上がった。それでも防波堤の縁はわたしの背丈の七、八倍はあるかと思えるほど高い位置だ。わたしは小人のように縮んでしまったかのよう。高く伸び上がった壁が、今海上で起こっている異変からわたしを守っているらしいと分かる。怒濤と叫び声の中から、ヒンギレー、ヒンギレー、の声とともに、ふりむくぅでぇー、なぁーいどぉー、という水圧に抵抗して吐き出されたような声が届く。ショルダーバッグを引きずり、わたしは駆け出す。海の声に背中を押され、駆ける。振り返ることなく、駆ける。海岸端を抜け、バス通りへ向け、出せるだけの力を出し続ける。

排気ガスの臭いに襲われ、立ち止まった。目の前には、来たときと同じ街並みが広がり、わたしも、いつもの身の丈のわたしだった。

てくてくとわたしは歩く。日はまだ高い。かなり暑くなった日差しを浴びながら歩いている。バス通りに出るひとつ手前の小径で立ち止まった。緩く上り坂になった路地の突き当たりに、民家の庭から濃い影を落とす大きなガジマルの樹を見つける。門構えもなく開け放たれた、見も知らぬ人の屋敷に入り込む。庭で大きく枝を広げるガジマルの根っこの窪みに腰を下ろす。涼みついで、わたしは、潮水と泥で汚れたショルダーバッグから、メモ帳とボールペンを取り出す。そして岩礁の上での出来事を綴り始める。

ガジマル樹の下に

海岸端から埋立地をぬけてバス通りへ出る手前の路地に、道路脇まで垂れかかった枝葉があつい日差しをさえぎる古い屋敷があった。

無防備に門の開け放たれた庭先で、わたしはガジマルの根っこに寄りかかり、かりかりとボールペンを走らせている。厚めの大学ノートに首をつっこみ、かすかに潮のにおいを含んだ風に頬をなでられながら。セミロングの髪をひっつめて結んだむきだしのわたしのうしろ首に、ふっと息を吹きかけるようにして声が掛かった。

なにしてる?

低くささやくようでいてどこか威圧感のある声だった。振り向くと、白くほっそりした老女の顔がわたしを見ている。両手をうしろ手にし、ぐーっと前屈みになって。目があったしゅんかん、その顔に先ほどからずっと見られていたという気がしたが、たった今、陽だまりの中からふっと浮き出た、と感じられもする、とうとつなヒトの姿だった。他人の屋敷に勝手に入り込んでいたことに気づかされた。あわてて腰を上げると、相手は、首を突き出したまま、身じろぎもまたたきもせずにじっとわたしを見あげている。見られた者を思わずすくませる鋭い瞳だ。

「あ、すみません、すぐに出て行きます」

わたしはボールペンにキャップを被せノートを閉じた。ぱたぱたと尻とジーパンの裾を叩いてガジマル樹の根っこのくぼみから日向に出た。

相手と向かい合う位置に立つ。

老女だと思ったのは思いちがいだった。若いムスメだ。しかもかなりの若さ。頬がこけるほどに痩せほそってはいるが、陽に焼けた化粧っけのない肌はほんのりとつややかで、人形のように肩で切り揃えた髪はゆるやかな扇型に広がり、くろぐろとゆたかだった。表情はどこかあどけない。思いちがいをしたのは猫背の立ち姿と低い声のせいのようで、よく見ると十代半ばか、せいぜい二十代前半といったところ。

なにしてる?

同じ調子でまた訊かれた。ムスメはわたしの手にしているものに目を落としている。

「あ、ですから……」

わたしは口ごもる。ついさきアナタに声を掛けられたことをここに書きだした矢先、「アナタ自体」から声を掛けられた、というようなことを口にするのは、今現に、こうして向かい合っているお互いの関係を混乱に陥れるばかりか、せっかくわたしのまえに姿をあらわしてくれたアナタを消滅させてしまう、という気がしたので。

わたしは目をこらす。するとムスメはゆるんだ表情になる。

べつに、出て行かなくていいよ。

そう言って手招きをするので、わたしはまたぱたぱたと意味もなくジーパンの裾を叩き、ショルダーバッグを肩にしょい上げ陽だまりの中へ身を曝した。あつい。軽いめまいに襲われた。

ムスメは、広い庭に敷き詰められた芝生の上を、敷石を踏み、腰をひどく不自然にゆすって歩いている。両手をうしろに組んだまま。老女の真似をしているというのではなさそう。身体になんらかの障害を持った者の歩き方だ。まるでムスメはそのことを誇示するかのようにぎくしゃくとよこゆれしながら、歩く。そのうしろを、少しためらいつつユレに引きずられるようになってわたしは付いて行く。

広い庭をもつ家だ。

横長にかまえられた赤瓦の母屋と、高い三本の梅檀《シンダン》の樹に守られるようにして、茶室を思わせる茅葺の離れがあった。庭のほぼ中央に蓮の葉の浮いたかなり大きな池があるが、鯉などが泳いでいるようすはない。くろぐろとしたクロキの太い灌木が十数本、庭を囲うようにして植えられ、戦禍をくぐり抜けて残された由緒あるお屋敷、という風情が全体にただよっている。手入れのいき届いた芝生を歩いて、家先に辿り着く。

ムスメが這いつくばったかっこうになってぬれ縁にのぼった。居間へとつづく障子戸を開けて、奥へ入っていく。わたしに尻を突き出したまま、そこに座って、待っていて、と言い置いて。

畳三畳分の広さの縁側に座る。

数分後。ムスメは前のめりに体をゆらしながらもどってきた。少し大きめの素焼きの湯飲み碗を二個載せた盆を片手で持って。危うそうにみえるが、ゆらぎつつも安定したしぐさで、わたしに碗を差し出した。中には、ほんのりとうす緑に染まった液体がたっぷりと入っている。緑茶のようにみえたが、
水よ、ただの水、こんなものしかないから。

ムスメはそう言って、腰をひねるように落として柱に身をもたせ、斜向かいに座った。ふわりと広げたおしゃれな感じのする紺絣のワンピースの裾から片方の足を投げ出し、一方は膝を折りまげる、というかっこうで。

先に碗を口にしたのはムスメの方だった。くちゅくちゅと口を漱ぐようにして飲む。やはり老人じみたしぐさだ。わたしは、口の中が塩辛くひどく喉が渇いていた。うすく色の付いた「ただの水」を一気に飲んだ。ん？　ドブ臭い。いやな味が口一杯に広がり、むせた。ムスメがあからさまに笑う。なんという歓待の儀礼なのだこれは。とつぜんの闖入者にたいするからかいか、退去要求か。それにしても嫌味がすぎる。こんなものを飲まされたからにはおめおめと撤退するわ

けにはいかない。かえって意固地な気持ちになった。

「とても立派なお屋敷ですね」

さりげなさを装ってわたしは言ってみる。

広いだけよ、なにもないし、だれもいない。

ムスメは口元に張り付いた笑いをひきのばすようにして、言う。

「こんな大きなお屋敷に、おひとりで」

そう、もう何十年も、ひとりだけ……。

何年ではなく何十年も、というのは、ムスメの若さを考えると妙な言い方だと思ったがそのことは聞きながし、午後の陽の下で明るくひろがる庭をながめやった。

「こんな、りっぱなお屋敷が、このマチの一角にあったなんて、わたし、知りませんでした。この池造りや橋渡しなんか、古い時代の名残りがあって、守らなければならない歴史的遺産というか、文化財レベルのお屋敷のようですね、ここは」

つい大仰な物言いになった。ムスメが今度はひくひくと肩を震わせて笑う。卑屈でいやな笑い方だ。わたしは無視する。

「ほんとに、知りませんでした、このマチにこんな屋敷があったなんて」

そりゃ、あなたがここを知らないのはあたりまえなのよ。なぜって、この家とここに住んでいたヒトたちは、とうのむかしに、そう、もう七十年近くも前のむかしに、ここが焼け野原になったとき、無くなってしまったのだから。

わたしはムスメをじっと見る。笑いが消え、ほっそりした顔のなかで黒目ばかりが見開かれ、からんと澄んでいる。童女のよう。世界の謎を見透かすような目だ。感情そのものはつかみどころがない。ムスメから目を離さずにいると、底の見えない空洞に吸い込まれる感じが起こった。思わず身を硬くする。

そろそろ、話すことにするね。あなたは、そのために来たんでしょ、ここに。アタシの話を聴き取って、かく、ために。

わたしのこわばりをほぐすようにムスメは言った。わたしは彼女を見つめなおす。

じゃあ、話してみるから、せっかくだから……。

なぜか語尾がちょっと震える。ムスメの声の震えを引き取るようにして頷き、わたしは、手にしていたノートを開く。ボールペンのキャップを外し、ムスメの声に耳を澄ます。かぼそく低いが、とても聴き取りやすいトーンだ。


——アタシの名前はね、まよ。真夜、って書くんだよ。みんな、まぁちゃん、って呼んでいたけど、アタシのおじぃだけは、チルーって呼んでいた。チルーなんて、なんでそんなへんな呼びかたする？　って、小学校の帰り道に、畑《ハル》をしていたおじぃに一度だけ訊いたことがある。けど、おじぃは、鍬を振ってハルを耕しながらアタシの顔も見ないで、言った。おまえは、チルーって感じだからさ、って。それ、どういういみ？　って訊いたら、振りあげた鍬を、土ごと畦にハン投ギィて、びっくりするくらいデージ怒った顔になって、なにも言わなくなった。あれからアタシは、チルーっていう呼びかたの意味を、おじぃにもだれにも、訊いたことはない。どんなわけがあっておじぃがアタシをチルーって呼んでいたのか知らないけど、はっきり言って、アタシ、チルーっていう呼びかた、毛《キ》ーブルッチャーするくらい、だいっきらい……。

　おばぁの名前はカマドで、チルーではなかった。おばぁは、五十にもならない年に死んだよ。もともと体が、というより心が弱かったヒトみたいで、若いときからへんなことをよくするヒトだったらしい。へんっていうのは、人をびっくりさせるようなことをアッタにして、まわりを困らせたりしていたことで。

　こんなことがあったそうだよ。村を挙げてお祝《ウユエー》いをしているときなんかに、盥いっぱいの泥ブッチャーを村のお偉方に向かって投げつけたり、台風の日に、風《カジ》がばぁばぁする道を、破れた芭蕉衣《バサージン》を被って蝶々みたいにぴらぴらして村中を走りまわったり、共同売店の売り場で、他のおばぁたちとユンタクしていたかと思うと、アッタに、あばれだして相手につかみかかったり、とかね。そんなことが、いろいろとあったわけ。けっきょく、さいごは、子どもや孫の顔どころか自分のことも分からない、フラーになって、冬の夜中に、潮も引いていない海にイシダコを捕りに行くといって、溺れて、死んだ。海に沈んだまま死体も見つからなかったってさ……。ずっとあとで、アタシが十三歳になったときに、なんとなく耳にしたおばぁのうわさだよこの話は。おばぁが死んだのはアタシが五歳のときだったから、アタシは、じっさいのおばぁのことは、なぁんにも覚えていない。でも今はもう、フラーになったおばぁのことも、アタシの名前のことも、どうでもいい。アタシのことを気に留めて名前を呼んでくれる人なんか、ここには、だれもいなくなったから……。

うん、それでね、むかし、むかしっていっても、まぁ、そこら百何十年か前のことなんだけれど、その百何十年くらい前のむかし、っていうのは、ここは、小さいながらも「王朝」を構えた一国の一部、ってことになっていたんだけど、その時代、この家は、ムラを仕切るお役人の殿内《トゥンチ》だったわけ。先に話したおばぁのハハオヤというのが、トゥンチにお仕えしていた侍女だったってさ。おばぁのハハオヤのそのまたハハオヤ、つまりアタシの「おばぁのおばぁ」の旦那、というのが酒呑みの働かないビンボー農家の長男だったらしくて、そんな事情のある家に、たまたまトゥンチの御主前《ウシュメー》からお声がかかって「おばぁのおばぁ」はトゥンチに上がることになったって。そこで、ウシュメーの手がついて「アタシのおばぁのハハオヤ」が生まれた、ってことらしい、聞くところによると。とにかくここは、ウシュメーと関係をもったアタシの「おばぁのおばぁ」から続く因縁のある場所ってこと。こんなこと、今となってはもう、どうでもいい話だけど……。

そこで、ムスメの声は途切れた。
わたしはうつむいたままボールペンを走らせている。ムスメの言う「どうでもいい」話を書き留めるため。はしり書きし終わり、顔を起こした。

ムスメの姿がない。首を巡らせていると、すっと障子が開いた。いつそこを立ったのか、ムスメは水のお替りを持って障子の向こうから現れた。

差し出された碗を覗いてわたしは思い切り顔をしかめてみせた。先のものより濁りがひどく、赤ぐろくゆれている。生血を垂らしたとでも形容したいような、なまぐさい臭いがする。わたしは首をふった。

飲みたくなければ、それはそれでいいよ。

機嫌を悪くしたというのではないようだった。心なし悲しそうにみえる。よれ曲がった体を柱にもたせ元の姿勢になって、宙に目を浮かせなにも言わなくなった。からんとなったムスメの目の世界に放り込まれる。その間合いにわたしは堪えられなくなる。

「あの、お話の続きを……」

ひどく間のぬけたタイミングでわたしは言った。するとムスメは、よろと立ち上がりそのまま、ぎくしゃくとうす闇の障子の向こうへ入っていく。

外はいつのまに陽が翳っていた。見上げると、海の方から真っ黒な雲が。

いきなりだ。こんなところで雨に降り籠められたりしては、たいへん。いや、途中で降り出されても、もっと困ることになる。

辞すべきかどうか迷っていると、向こうからヒトがやって来る。せかせかと歩くオトコが一人、開け放たれた門から屋敷に入って来た。ぱりっとした上下揃いの黒のスーツを着込み、白髪混じりの髪を七三に分けた、中年のオトコだ。ずんぐりと小柄だが引き締まった顔はなにやら威厳があった。

――チルぅー。

入って来るなり、高く歌うように呼びかけた。ムスメに用事があるようだ。真夜、というムスメをチルーと呼ぶこのオトコは、何者か。先のムスメの話では、おじぃだけがそう呼んでいたと言っていたはずなのだが。オトコの登場を、屋敷を辞すきっかけにしようと思った。

「あの、チルーさんなら、奥にいます」

そう告げて筆記用具をバッグに仕舞いこみ、ぬれ縁から降りた。すると、

――えエー、チルぅー。

オトコがわたしを遮るようにして立ちはだかる。

――お祝い《ウユエー》ぬ支度や、なとーがやー、早《ヘ》ーク為《セ》ー、
　此の如《クングトゥ》し、ゆくっと為《サ》んぐとう。

その顔がわたしに向けられている。

――あネ、ウユエーや、はじまとーせー。

顎をしゃくられ、その方を見上げると、遠くからざわめきが聴こえる。三線《サンシン》や太鼓の音だ。喚くようなしゃべり散らすようなヒトの声も混じっている。騒々しい。ムラの集会場あたりの呼び

かけマイクをオンにしたまま、不用意に流してしまっている雑音のようにも思える。ああそうだ、あれは、オトコの言う、ウユエー、つまり何かのお祝いの座のざわめきだ。ムスメはその席に招かれている立場なのだろう。だが、ムスメは、奥へ入っていったきり出てくる気配がない。わたしはオトコに行く手を遮られ、身の置きどころなく縁先で立ち往生している。チルーさんを呼ぼうかどうか迷いながら、オトコの急かすような目と見合っては、おろおろと手を揉んだりむやみに足踏みをしたり。落ち着かない気分を持てあましていると、オトコが怒りを堪えた表情になった。

——ヌーが、汝《ヤ》ーやッ、あんし、がたがた為《ソ》ーん。

わたしはますますどうしたらいいか分からなくなって、奥の方へ、チルーさぁん、と大声で呼びかけた。

——汝《ヤ》ーやッ、何処《マー》かい向《ン》かてぃ、阿鼻《アビ》とーがッ、

えェー、チルー、ヘークせー、ヘークどー。

オトコの目が迫ってくる。わたしは、自分の顔が真っ赤になるのが分かるほど、激しく首を振った。と、オトコのどつく声。

——えェー、かしまさぬッ。

左手首をワシ掴みにされる。ウリっ、という掛け声とともに引きずられ、そのまま飛ぶようにオトコは走りだす。びゅびゅびゅびゅびゅーッ。足が地に着かない。髪の毛が総立ちになり、この世

がスッ飛ぶ――。

そこは、ムラの公民館とか集会所というのではなかった。前方に見えるのは、海に臨んだ断崖絶壁手前の、でこぼこの岩盤でできたちょっとした広場だった。

もうそんな時間帯なのだろうか。海面が茜色に染まっている。顔に夕日が当たるのを感じながらあたりを眺めていると、広場のあちこちでうごめくものが。

なんだろうあれは。もぞ、もぞもぞもぞ、岩盤が小山の形にもりあがってくる。只今、岩間から生まれ出る最中だとでもいうような生きもののけはいがある。ヒトだ。まちがいない。ひとりが頭を起こす。ぶるっと身を震わせ、ゆらりと立ち上がる。ふたり目が、腕立て伏せをするうごきで、ぐっぐぐっと腰を起こしてくる。次々に肩と首をもたげてくる。さんにん、よにん……とつづく。十数人、いや三十人近くはいるだろうか。人数は多いが、しずかなのでそう大勢には感じられない。と、ふうーおォー、と息を吹く大きな影が。風になびく鳳凰木にも似た男《イキガ》がひとり、伸びをして起き上がる。こちらに向かってやって来る。彼を先頭に、前後左右から起き上がったヒト影が、よろ、よろ、よろろ、とやって来る。よろめきながらも押し寄せる気迫に、思わずわたしはスーツオトコの背後に後じさった。

なんというヒトの姿なのだ。

骨に皮膚が張り付いた肩のライン。竹の節を思わせる手足。頬骨が浮き、煤を塗りたくったかと思われるうす汚れた顔のなかで、目玉ばかりがぎろぎろと光っている。だれもが餓死寸前のやせ細りよう。先頭に立つ大きな人物はのばし放題の髪に顎鬚をたくわえ、擦り切れ、だぶついたズボンを穿いている。骸骨が服を着ているというふう。彼のほかは、全員がチルーと同じくらいの年齢にみえる少女《ミャラビ》たちだった。ぼさぼさにほつれた三つ編みを垂らし、ひょうたん襟の綿シャツにモンペ姿。言いようのない時代遅れのファッションだった。ダサイというより、ムザンで哀れだ。ああ、と思い当たることがある。この断崖絶壁はもしかしたら、怪獣映画か戦争映画のロケ現場なのかもしれない。そうだ、わたしは数合わせのエキストラとしてここに連れて来られたのだろう。いや、単なるエキストラとしてではなく、物語の展開には必要な「チルー役」として。

　そう思いなし見ていると、彼らは与えられた役を演じるための準備のように岩の広場で立ったり座ったり、空を仰ぎなにごとかを呟くしぐさをする、と思うと、ふうー、ふほぉー、とそこらにやたら息を吹きかけたりもするのだ。本番前の発声練習か精神統一か。これから野外ステージで前衛能などを演じるとでもいうようなのだ。

　スーツオトコが声を張りあげた。

――お祝い《ゥユェ》ーぬ、はじまり、はじまりぃー。

ぴぃー、と指笛があがる。それを合図に、ドドドド、デデデデ、と太鼓の音につづいて、テテ、テテテテ、とサンシンの音も。

　音を掻きたてながら広場の陰からあらわれたのは、真っ赤な着流しの裾を腰までたくしあげて黄の中折れ帽子をかぶった、大男《マギイキガ》と小男《グマイキガ》だった。マギイキガはサンシンを片手に、グマイキガは小太鼓を腹にかかえ、でっぷりと太っているので二重腹だ。その道化師ふうのイキガ二人が、岸壁の手前に盛りあがった岩の舞台に上手と下手に分かれ、狂言まわしの口説《クドウチ》調子で口上を述べ出した。

――ハイよーッ、ハイハイハイッ、グスぅーヨぉー。

――ハイどーッ、ハイハイハイッ、チャービラサイッ。

交互に掛け合う声が、空に吹き上がる。

――グスぅーヨー、

此処《クマ》に、出《ンジ》てきタル、我《ワ》ッター二人《タイ》や、

命《ヌチ》のウユエー為《ス》ーんでぃ、チャービタン、

宜《ユタ》シク、ユタシク……。

グマイキガの打ち鳴らす小気味よい太鼓のリズムに、マギイキガの掻き鳴らすサンシンが負けじと激しく高鳴った。

――ハイどーどー、チャービラサイッ、

今《ナマ》から、ワッター二人《タイ》や、ウタ、ウドゥイ捧《ウサ》ぎやい、

ヌチのウユエーすーんでィ、思《ウム》とーいびーん、

ユタシク、ユタシク……。

手にしたものを掻き鳴らし、叩き、お互いの口上をかき消しあい、マギイキガとグマイキガは、岩の舞台をめまぐるしくめぐりだした。テテ、デデデドドド、が広場をゆすりあげる。見えない気配を掻き立てる音の乱打に、岩の広場でゆらいでいた影たちが表情をあらわす。髭のイキガは、思いのほかおだやかな目をして、彼をとり囲むようにしてたたずむうら若いミヤラビたちは、良家のムスメを思わせる世間知らずの初々しい面立ちをしていた。

スーツオトコが見えなくなったと思っていたら、髭イキガと並ぶようにして立っている。髭イキガとスーツイキガ。道化師ふうのマギイキガとグマイキガ。体格の極端なイキガが対をなし、それぞれの威厳で岩場を領する。ぐらら一と髭イキガの上半身が傾いた。ぐらつきながらこちらにやって来る。かなり近づいてきたところで骨の片腕をわたしにさし出した。たじろぎ、だがわたしは、彼から目を逸らさずにいる。おだやかだと感じた表情は、よく見ると、濃い怯えが。虚無の海から這い上がってきた目が、とつじょ、憎しみをこめてこちらを睨みつける、と思うと、近づくにつれ怒りを堪えた暗い色を帯びる。深い悲しみの表情だ。

あ、わたしは声を上げる。この目にはたしかに見覚えがあった。胸がきしむ。科白を失念した役者のしぐさでわたしは両手で頭を抱え、目を閉じ、オトコに掛けるコトバを探す。

「あの、ヌチの……」

一瞬詰まるが、続ける。

「ヌチの、ウユエー、というのは、どういう種類の祝いゴトなんでしょう」

髭イキガはちょいと首をかしげて立ち止まった。投げかけられた疑問の素朴さに戸惑う、という顔つき。すぐにかしげた首を戻す。と、ぼろ布から突き出た竹の腕を、背後に並んだミヤラビたちに向かって、ゆらりとふり上げた。と、ミヤラビたちが激変。

三十人近くのモンペ姿のミヤラビたちが、いきなりゆらぎはじめるのだった。アドリブの演技をいきなり強要されたという乱雑さで、胸を反り、身をかきむしり、もだえだす。ふるふるると首をゆらし、肩をいからし、腰をひねる。やみくもなうごきから、拳を空に向かって突きあげる。ライブに熱狂する観客のしぐさ。あるいは、……はんたぁーい、とシュプレヒコールを上げるように、何本もの骨の腕がなにもない空間をはげしく攻撃する。何十本ものほつれほつれの三つ編みの棒が、ひゅんひゅんと空に舞った。道化師たちの、テテテテドドドド、がいよいよ高鳴り、速まる。それに合わせるミヤラビたちのいたいけなほそい体は折れてしまいそう。いたたまれなくなってわたしは叫ぶ。

「どうしたのですかぁー、みなさーん。アナタたちの身に、いったい、なにがあったというのですかぁー。伝えたいことがあったら、コトバにしてくださぁい。是非、ぜひ、そうしてくださぁい。そうしてくれたら、わたしが、ここに、書き留めますからぁ」

喉元が焼けるように熱い。息苦しさに手にしていたバッグを放りだそうとしたとき、

――ほかでもないことです、チルーさん。

髭イキガの声だ。

――ヌチのウユエーとは、ここに荒れ狂うヌチたちを、心の限りにウユエーして、なぐさめよう、というそれだけのことなのですよ。

低いトーンの、教師然とした物言いだ。どこか秘めた想いをそっと打ち明けるような、思わず声を発してしまった自分を恥じるというような、ひそやかにいじましい余韻もある。ミヤラビたちがやみくもに拳を突きあげていた身体のうごきを今度はゆるやかに変えていき、半円の三列横隊になった。その体勢から、ミヤラビたちは、コーン、コーンと声をはじけさせるのだった。

――ヌチのウユエー、とはー、

――唯一無二のこのヌチをー、

まもるということー、

ヴィブラートの効いたソプラノだった。ミヤラビたちの澄んだ声がいったん上空に巻き上げられ、連鎖してつながり、舞い下りてくる。

――ヌチを、まもるにはー、

――ウユエーする以外、ほかに、手がなくぅ、

――手のほどこしようのないことばかりが起こる、この世界ィー、

――世界はひとつぅ、というおおきなウソォー、

――とはいえー、ウソはホントのハジマリィー、

――ハジマリがなければ、なにもハジマラずぅ、

――ハジマリはー、オワルことぉー、
――オワルとてもー、ハジマリのためぇー、
――はてさてー、ハジマリもオワリもなき、ヌチのリレー、
――ヌチは宝ぁ、というけれどぉー、
――やはりー、ヌチは、タカラ、だからぁー、
――タカラとしてのこのヌチをー、まもるべくぅー、
――……まもる、べくぅー、
――まーもるも、せーめるも、くーろがねのオー……、

堂々巡りの尻取りゲームの掛け合いが、いつしか軍歌調になっていく。終わらないコトバ遊びを終わらせようと、スーツイキガが声も高らかにまとめあげた。

　イクサ世《ユー》や仕舞《シマ》ち、弥勒世《ミルクユー》、迎ゆる為《タミ》なかい、
　心《ククル》なぐなぐとう、命《ヌチ》ぬウユエー、さびらぁー。

韻の壊れた、古い謡《うたい》のパクリ文句だった。
謡が途切れると、ミヤラビたちが列を崩した。ばらけながら髪をなぜ、乱れた服を整えるしぐさのうちに、何人かがシリシリとこちらへすり寄って来る。全体にうす汚れたシャツとモンペ姿

で哀れな感じはぬぐえないが、どこかしら知性に溢れた面立ちのミヤラビたちだった。熱く火照っていたわたしの喉元がやわらいでいく。まっ直ぐにこちらを見る瞳の潤いに誘われた。

「あの、みなさんは、あの太鼓とサンシンのリズムに励まされて声を取り戻したヒトたち、と考えていいのでしょうか」

一瞬ためらいの表情を見せて、ミヤラビたちは足を止めた。だがすぐに声を返してきたのだった。少しばかり遠慮がちな低いトーンに、強い断定調の入り混じった言い方で。

―そう言えば、そうとも言えるのですが。

―いいえいいえ、だんじて、そういうことでは、ありません。

―ああ、悲しいことです。こうして話していても、ワタシたちの声があなたに届いているという保証は、ざんねんながら、ないのですから。

―ワタシたちは、あのとき、この場所で、ごっそり死んだのですから。

―そうそう、あのときごっそり死んだおかげでそっくり生きかえり、こうして声を取り戻したのですから。

―そのようにして生きかえったからには、やはりワタシたちは、すっきり死ぬべき立場と相成りました。

首をひねっていると、一人のミヤラビが摺り足で近づいて来る。まだ成長半ばのあどけなさが残る、とても小さなミヤラビだ。目が大きく睫がいやに跳ねあがっている。小さな体でぐーっと背伸びをし、わたしの顔に息を吹きかけるようにして囁いた。見かけに反してへんに大人びた物言いで。

——なにもあなた、そんなふうにあれこれと悩むことはないのですよ。あなたは、このウユエーに参加する資格があるのですからね。聞くところによると、あなたは、チルー、という名前のようですから。

「あ、いえ、わたしは……」

首をふりつつ後じさったが、横手からつーっと急接近してきた三人のミヤラビに、後ろ左右から囲まれた。ぷんと湿気た黴のにおいがする。ミヤラビたちの髪や服から匂ってくる。幾日も陽を見ることなく洞窟の中に籠もっていたという陰気なにおいだ。

——さあ、いらっしゃい、チルーさん。

——お会いできて、たいへんうれしくおもいます。

——ワタシたちは、あなたに会えることをとてもたのしみにしていたのです。

そんなことを言いながら三人のうち、背丈のあるミヤラビがわたしの左腕を取った。右腕を、ふけ顔のミヤラビがからめた。両脇からねっとりと熱が伝わる。濃くなった黴のにおいがうっとうしい。三人目の異様に首の長いミヤラビがわたしの顔を覗きこみ、こんなことを言った。

——さあ、チルーさん、ここで、ワタシたちと一緒にヌチのウユエーをいたしましょう、チルー、と名づけられた者の立場として。

ふけ顔のミヤラビが付け加える。

——あなたがチルーであることは、ワタシたちと一緒にウユエーをすることのできる、たったひとつの大切なしるしなのですから。

ミヤラビたちにチルーと呼ばれ、チルーであることが彼女たちとつながるたったひとつのしるしだと言われたからには、チルーという名にこめられているだろう意味をわたしは知る必要がある。少し距離をおいた場所からこちらを見上げるようにしている睫の跳ねた小さなミヤラビの方へ顔を向けた。

「あの、チルーという名前には、どんな意味があるというのです？」

背の高いミヤラビが腕をすっと離した。ふけ顔のミヤラビも顔を背けながらわたしを弾くようにして突き放す。首の長いミヤラビは伸びた首をすくめ、睫の跳ねた小さなミヤラビもとっさにうつむき、いっそう小ぢんまりとなってしまった。彼女たちがそれぞれにどういう反応をしようが、事態を把握することができないわたしはコトのいちいちを訊ねつづけるほかはない。

「ゆえ知らずここに来てしまったわたしとしては、どうしても知らなければならないことが、もうひとつあります」

ミヤラビたちの顔が一斉にわたしに向けられた。勢いづいて声を張り上げた。

「みなさんは、ヌチをウユエーする立場なのですか、それとも、ウユエーされる立場なのですか。それにこのわたしは、いったい、どちら側に付けばいいのでしょう」

と、くくく、と笑い声が上がった。全員が口元を押えている。そのうち、くくく、が、ぐぐ、ぐぐぐ、くぐもり声になる。からかいか軽蔑か。それでいて卑屈な感じのする含み笑いだ。ああ、これは、あのチルーと同じ笑い方ではないか。ひとり、睫の跳ねたミヤラビだけが真顔でわたしを見つめ、ぱちぱちと瞬きをしている。彼女は、わたしの肩のあたりに届く身の丈しかないが、昨今テレビでひっぱりだこのベテラン女優顔負けの演技をする人気子役を思わせ、小顔の中のクリアな面立ちがとてもチャーミングだ。もの思わしげに瞬いていた長い睫の下から、とつぜん、涙がこぼれ落ちた。こぼれる涙のつぶは、きらめく水晶玉のよう。涙をこぼしながら睫のミヤラビは、澄んだほそい声で途切れなく話しだした。しっとりとわたしを諭す口調で。

――チルーさん、ここにいるヒトたちは、あのヒトもこのヒトも、みんな、チルーなのですよ。チルーとしてのイタミを背負ったものたちなのです。つまり、あなたと同じなのです。チルーであるかぎり、ウユエーをする立場とかされる立場とかの区別は、いっさい、いたしません。それぞれのチルーの違いを超えて心《ククル》なぐなぐーとおこなわれるのが、ウユエーのウユエーたる所以ではありませんか。

わたしは軽く首をふってみせた。そう言われても、わたしはまだこの状況を把握することができないばかりか、肝心な、「チルーとしてのイタミ」というものが何に由来しているのかを理解することも、できない。ましてや、ウユエーのウユエーたる所以を知るはずもない。わたしの無理解を悲しむように、涙で潤んだ睫を愛らしい指で払いながら、睫のミヤラビはませた口調で話しつづける。

——そんなふうに、頑なではいけませんよ、チルーさん。チルーであることがワタシたちをこうして結びつけているのですからね。ここにこうしてやって来た以上、あなたは、チルーであることをはっきりと自覚しなければなりません。そうすれば、ワタシたちとチルーとしての「イタミ分け」ができるというものです。あなたのイタミをワタシたちに分け与え、ワタシたちのイタミをあなたが受け入れることができれば、その分、チルーとしてのイタミをお互いに軽くすることができる、というわけなのです。軽く、といっても、ごくごく、ほんの、僅かばかりのイタミ分けではありますが。

睫のミヤラビがそんな説明をしているあいだ、ほかのミヤラビたちは海の方を見やっては落ち着かない視線を送ってくる。早くウユエーを始めたがっているのだろう。このままでは、いきがかり上、わたしはむりやりにもウユエーに参加させられてしまう。それがどういうことかも知らずに。

「あの、ですね、たとえばわたしがチルーだとして、みなさんと一緒にウユエーに参加し、チルーとしてのイタミ分けをするとしても、ですね、わたしは、ウユエーのやり方にたいする知識が、まるでありません」

大笑《ウフワレー》いされるのを覚悟で言った。だが笑いは起こらず、幾人ものミヤラビたちの背後で息をひそめるようにしていた影のうすい三人のミヤラビが、それぞれに答えてくれたのだった。

——そのことでしたら、なにも心配することはないのですよ、チルーさん。

——とてもかんたんなことなのです。

——あなたのキズとワタシたちのキズをこの白日のもとに曝して、お互いのキズ口をかさね合わせる、ただそれだけのことですから。

首の長いミヤラビがその首でまわりをぐるーんと見まわして、言った。

——さあさあ、みなさん、もうこの辺ではじめることにいたしましょう。チルーさんもやっとその気になってくれたようですから。

わたしは首をすくめる。だが、うながされてミヤラビたちの方へ歩み出る。

一瞬、空気が張りつめた。天上から、うしろむけー、うしろっ、の号令でも下されたか、ミヤラビたちがすっと身を縮めいっせいに海の方へ向くのだ。すると、四人のイキガは彼女たちとは逆方向に顔を逸らす。オトコとオンナの境界をあえて意識するとでもいうような緊迫した恥じらいを含んだ面持ちで。マギイキガとグマイキガが、低く遠慮がちに、サンシンと太鼓を演奏しはじめる。テテ、テテテ、トト、トトト、とゆるやかに抑えたリズム。

音のかそけさに包まれるようになって、髭イキガが岩場に膝をついて座った。うなだれる。その横手で、スーツイキガは直立不動の姿勢。ミヤラビたちから逸らした顔を戻し、まっすぐに海の向こうを見あげている。テテ、トトト、に合わせるともなく軽く腰をゆすっていたミヤラビたちが、次々に、ほつれて穴の空いたひょうたん襟のシャツのボタンを、ゆっくりと外しはじめた。

シャツと下着を脱ぎ捨て、上半身をすっかりはだける。ひとり残らずモンペひとつの姿になり、いちようにやせほそった青白い肩や二の腕をむきだしに、顔を空に捧げるように仰向けて立ちつくす。皆、撮られた像のように静かだ。ほつれた三つ編みがかぼそい首や肩に垂れかかり、そこだけが生きもののように風にゆれた。

これから、ミヤラビたちは、その身に受けた、チルーとしてのイタミの刻印されたキズをわたしに披露し、「イタミ分け」の儀式をはじめようというのだろう。

だが、わたしの位置からは、どのミヤラビの背や腕のどこにも、キズらしきものを見ることはできない。むしろ夕日に染まった若い肌がほんのりとなまめかしい。つやつやと弾けるようだ。ああ、この肌の張りと輝きこそが、ミヤラビたちが生きているなによりの証拠ではないか。肌のみずみずしさに惹かれ、そっと近寄り、一人ひとりの背中や肩や腕をなぞるように目を凝らした。やはり、それらしきキズの痕跡は見つからない。チルーたちの受けたキズは、背の方ではなく海に向けた胸や腹にあるということだろうか。いや、彼女たちのキズとイタミは目に触れる身体のどこかに、ではなく、人の目では見ることのできない場所に隠されてある、ということかもしれない。

——さあ、チルーさん、あなたも脱ぐのです、その重たい服を。

かぼそい背中をこちらに向けたまま、睫のミヤラビが言った。言われるままにわたしは、手にしていた荷物を足元に置いた。汗ばんでいた長袖のTシャツと下着を丸ごと脱いで放り、ミヤラビたちに倣って海側を向く。断崖寄りに佇むミヤラビたちの位置からは三歩ほど距離を置いて。

眼下にひろがる海が、ぬけるように青い。こんな色をした海をわたしはこれまで見たことがない。その海に向かってわたしは、あられもなく上半身を曝している。意外にも恥じらいの気持ちは湧かない。汗ばんだわたしの額や首すじや貧弱な乳房を、夏の夕刻の潮風がさらざらとなぜていく。ひんやりと気持ちがいい。思わず両手を大きく広げ、深呼吸をした。すぐさまそういう場面ではないことに気づき、あわてて胸を両手で覆いミヤラビたちを窺ったが、わたしの位置から確認できるのは、夕日を浴びた彼女たちのうしろ姿ばかり。表情は分からない。くすくすと笑われた気もするが。

聴こえてきたのは、笑い声ではなかった。ひく、ひくひくひく、きしむような壊れかけるような、堪えかねる悲憤の隙間から漏れてくる、嗚咽にも聴こえる音。耳を澄ませる。ミヤラビたちのうたう声だった。風にふるえ、己を励ますように鞭打つように上げられる、音程のあいまいな歌声だった。

うーみ、ゆかばぁ……かばねー……

やーま、ゆかばぁー……かばねぇー……

……かえりみはー、せーじー……。

うたいつつミヤラビたちは摺り足で一歩ずつ断崖の方へとすすんでいく。一歩すすんでは半歩後じさる、というぐあい。自らの歌に追われるような足運びだった。ふるえながら立ち止まっては、一歩前へ、半歩引いては、また一歩……。うーみ、ゆかばぁ……の韻律にのってスローダンスの歩みをするミヤラビたちをまねてわたしも、そうする。つられて、というより、ミヤラビたちのうたう歌の韻律がわたしにそうすることを強要するのだ。そうしながらも、しつように隠微な韻律への激しい拒絶感が起こるが、足の運びを止めることはできない。ミヤラビたちがするようにわたしもそのようにおこなうことが、チルーとしての自覚をうながし、彼女たちとの「イタミ分け」を実現することになるということを、おびえと恍惚感のなかでわたしは理解する。そして、断崖絶壁へと歩み出る。

歌声が止んだ。立ち止まる。

ミヤラビたちは断崖絶壁の一歩手前。

海面はかなり下方にあった。見ると、海の青は沈みかけた夕日に赤黒く変色し、白波がこちらを招いて立ち騒いでいる。その海を、ミヤラビたちは揃って無言で見下ろしている。しずかだが背中のふるえはつたわる。叱咤するように歌声はつづく。ああ、このままではミヤラビたちは、次のうごきへと誘われてしまう。わたしの膝が小刻みにふるえだした、そのときだった、唐突に、あるウタの韻律がわたしの口をついたのは。

うらむ、此《ク》ぬ世界《シケ》やぁ……

わたしは、ミヤラビたちの背のむこうの海に向かって、ありたけの喉を張り上げる。

情け無《ナサキネ》ーん海《ンミ》ぬう、
我《ワ》ン渡さと思《ウム》てぃ、手舞《ティ》いすさぁ

ミヤラビたちが一瞬踏みとどまり、ゆっくりとわたしを振りかえった。手舞い、すさぁ、の余韻に溶けこむようにミヤラビたちは顔をほころばせ、笑みを含んだ幾つもの目がわたしを見ている。しずかに瞬きをし、またゆっくりと海側へ向けられる。まって。行かないで。ミヤラビたちへ伸ばしたわたしの腕が、しゅんかん、何者かの手によって押し返され、わたしの足はぎりぎりのところで踏みとどまり――。

からんとかわいた、だだっぴろい屋敷の庭。
古いガジマル樹の根元に放り出されてあった、一冊のノートを手に取った。微かに黴のにおいが漂うノートの表紙にうすく張った埃を払うと、「記録ｙ」と書かれた硬い文字を読むことができた。

Ｑムラ前線ａ

〈Ｑムラの入り口に立つと、ひとりのオトコが声を掛けてくる〉
数日前、身元知らずのモノからとつぜん届けられたファイルの三つ目、「記録Ｑ」の、１ページ1行目には小さく硬い文字でそう書かれてあった。続けて、
〈そのオトコがあなたの知るべきことを語ってくれるはずだ〉とも。
今わたしの前にあるのは、たっぷりと枝を広げるヤラブの並木道。ヤラブの熟れた黄色い実が癖のある強いにおいを放っている。この場所が、Ｑ、と呼ばれるムラであると知ったのは「記録Ｑ」からの情報による。つまり「記録Ｑ」とはＱムラの記録ということのようで、それによれば、Ｑムラはすでにヒトビトの記憶からは忘れ去られたムラであるらしい。ムラとは言うが一般に村といわれるときの、古来ヒトビトが代々住み着き、家族をこしらえ生活を営み歴史を築いた集落、

というのではなく、ある目的から、血縁を異にするヒトビトの集団がひっそり隠れ住んだにわか作りのムラ、ということのようなのだ。ただそれは、いつの時代のどんないきさつでそうなったのか、具体的なことはなにも書かれていない。第1章　Ｑムラの由来、の条で記述されているのは、〈時代の激流〉に巻き込まれ〈どこにも行き場を失ったヒトビト〉が〈秘密のケイカク〉を実行に移すべく〈特別なクンレン〉をしていた、という妄想めいた文が数行と、あとはＡ４サイズの用紙三十枚ほどの空白ページが続いているだけだ。

Ｑムラがヒトビトの記憶から忘れ去られたということは、その〈秘密のケイカク〉が烏有に帰したということであり、かつてそこに住んでいたはずのムラビトもすでに死に絶えたか、他所の土地に離散してしまったかのどちらかにちがいないので、わたしがＱムラについての情報を得ることは、かなり困難な事態であることが予想される。Ｑムラのことを伝えてくれる語り部とか、もしかして今も地球のどこかに生き永らえているやもしれぬ子孫とかに、偶然出会わないかぎりは。そんな都合のいい伝《つて》がそれらしい肩書きや人脈のないわたしにあるわけはないので、けっきょくは、記録にある、ムラの入り口でわたしに声を掛けてくるはずの〈ひとりのオトコ〉がその役目を果たしてくれる相手、ということになるのだが。

——ここに足を踏み入るべからず。

ムラの入り口に立てられた告知板には、そう書かれた手書きの文字があった。

黒のマジックペンでベニヤ板に摺り込むようにして書かれた「踏み入るべからず」に目を瞑り、いやかえって気持ちをそそられ、参道にも似たヤラブの並木道へとわたしは足を踏み入れたのだった。

ヤラブの影で日差しの和らいだ小道をくぐると、辺り一面雑草の海だ。収穫期を忘れられたウージ畑かと見紛うススキが原の広がり。目の届くところ、民家らしい建物、掘っ立て小屋一軒、見当たらない。荒涼たる風景の向こうに、山というにも丘というにも座りの悪い、枯葉まじりの草木を被っただけの小高い岩山が、辺りを見守るふうに腰当《クサティ》となってススキが原を見下ろしている。住むモノの居なくなったムラの寂しさがススキの穂の揺れに乗って届くばかり。無人の小島に下り立った気分になる。

こんなところでは、わたしにオトコが声を掛けてくることなど、とても期待できそうにないではないか。読み手が字面通りに解釈することを期待して書かれた文、というのは、得てして当てにならない大ウソを孕むものである。それをうっかり忘れ、書き手の思惑のままに字面を鵜呑みにした読み手が裏切りに遭うのは、自業自得というか、しごく当然の報いなのであろう。とはいえ、この場所にこうしてやって来た以上、ここで触れることのできるQムラについての情報を、三つ目のファイルの空白ページに多少なりとも付け加えたいというひそかな欲望は残る。

目当てになるものを探すため、辺りを見渡す。

枝葉が疎らになったフヨウの木が一本、傾いだ状態で立っているのが目に入った。ぼうぼうと立ち上がるススキの穂に肩を撫でられ足に絡む枯れ枝をはねのけ、ジーパンの裾にくっ付くクッツキボウの棘に気をとられながら、近づいた。殺伐としたススキの海の中、フヨウの木を囲うようにして土肌が疎らに覗いている。その手前に、薄いピンクの花を付けたニチニチソウが雑草を押しのけて立ち上がり、その葉の隙間からは小粒の葉を連ねた野牡丹のかたまりが身をくねらせて顔をのぞかせている。今にも囁きかけてきそうな草花の佇まい。ここは、民家の庭であった場所かもしれない。ヒトの手の匂いがする。屋敷が失われた跡にも芽吹く草花の生気に煽られるようになって、ノートを取り出す。屈みこみ、野牡丹の葉の並びを眺めていると、

そこを、のいて。

くぐもった声がフヨウの根元から吹いてきた。子どもっぽくハスキーな響き。だが、姿はない。空耳か。屈みこんだままでいると、

のいてってばッ。

強い調子に耳を叩かれ、飛びのいた。見ると、傾いだフヨウの幹に寄りかかるようにして立つヒト影が。男の子《イキガワラビ》だ。小学三年生くらいの丸顔色白の少年が虎のマークが入った野球帽を被り、両手にグローブやボールではなく唐草模様の大きな布袋をぶら下げ、憤然と立っている。丸い頬をいっそう膨らませわたしを睨みつける表情が芝居がかって、ちょっと愛らしい。

じゃまなんだってば、そんなところに座っていられるとさ。

後じさりつつわたしは笑いかけた。少年《ワラビ》は唇を突き出し、鼻を一つ鳴らした。笑いかける表情

を保っていると、ワラビは仕方なさそうに唇をゆるめ、観察のていでわたしを見る。探るような眼差し。その間がちょっと長い。もしかしてこのワラビが、Qムラについて語ってくれる「ひとりのオトコ」ということ？　確かに、ひとりのオトコにはちがいないが。

アンタ、そんなむぼうびだと、うしろから殺られるよ。

頬を膨らませたままワラビは言った。

「やられるって、だれに？」

もちろん、テキにだよ、テキ。殺ったりやられたりして戦う相手は、テキに決まってるじゃないか。

わたしは首をすくめる。

「テキなんて、そんなもの、どこにもいないじゃないの」

テキがどこにもいないって？　バカを言っちゃいけない。テキはいつもどこかに潜んでいて、こちらを攻撃する隙をジッとうかがっているんだよ。

ワラビは真顔だ。

たとえばさ、このボクがアンタのテキってことだってあるんだ。自分以外はみんなテキってことさ。だから、ヒトは一時だって油断しちゃいけない。さっきのアンタみたいに背中をみせて座り込むなんて、どうぞ殺ってくれってテキに頼んでいるようなもんじゃないか。いつもどこかに潜んでいるテキをいないなんていうやつの目は、「フシアナ」も同然だ。

なんなのだ、こいつ。テキ、とか、殺られる、とか。戦争ゲームの世界へわたしを引きこむ誘導作戦のつもりか。

「あのね、もしもよ、今どこかにテキが潜んでいて、わたしに戦いを挑んでくるとしても、戦う意志のないヒトを攻撃したりしないのが、戦いのルールというものでしょ」

甘いね、アンタ、やっぱり。

「甘い？」

戦争をするのにテキの意志なんかどうでもいいのさ。やりたけりゃ、それなりの理由をでっちあげてでも、やる。それが、戦争というもののジッタイじゃないか。奪うための戦争、殺すための戦争、理由なき戦争、戦争のための戦争、っていうのが、古来尽きることなくやられてきた戦争の定義ってもんじゃないか。

へ、このヤナワラバー。知ったかぶりの口を利く。なにが戦争の定義だよ。ひとことつっこもうと思ったが、それは止めた。状況的に考えるなら、確かに、この男の子《イキガワラバー》が、記録にある、Qムラについて語ってくれる〈ひとりのオトコ〉である可能性は、充分にある。見まわしたところ、他のだれかに出会える気配もなさそうだし。

「そんなことより、あなたのこと、少し訊いていい？」

さりげなく聴き取りに入る。

……まぁ、いいよ。

「あなたは、どうしてここにいるの」

ワラビはゆっくり首を上げた。深く被った野球帽の庇の陰から、すいとわたしを見上げる。ヤナワラバーのわりにはいやに深い目だ。

「っていうのはね、ほら、ムラの入り口に、ここに足を踏み入るべからず、っていう告知板があったでしょ。あなた見なかったの？　それとも字が読めないの？」

ワラビの顔がむっとなる。

「もしかしたら、読むのは読んだけど意味が分からなかった、ってことなのかな。あなた、まだ小学生のようだし、足を踏み入るべからず、なんていう言い方、小学校なんかじゃまだ教えてくれない、ちょっと古い文句だもんね」

いちいちうるさいっ、アンタっ。

いきなりヒステリックな怒声。

どーして、アンタは、ボクを小学生だって決め付けるんだっ。どーして、ボクのコトバの能力を見くびるんだよっ。

「あ、そんなんじゃなくて、ただね、見たところ……」

見たところ、なんなんだよっ。

「だ、だから……」

弁解しようたって、ダメだっ。ボクを見るアンタの目は偏見に満ちみちた、見たところ目線じゃないか。ボクはね、見た目はこんなでも言語能力はアンタの比じゃないんだよ。古語だって漢詩だって、ハングル梵語ペルシャ文字、サンスクリットアステカ古代文字……アンタが見たことも聞いたこともないような、民族のマイノリティのコトバだってさ、一度目と耳にしただけで理解できるんだ。

こいつ、とんでもないホラ吹きワラバーだ。

ほんとさ、そういう存在としてボクは生まれてきたんだ。アンタなんかとはぜんぜんちがうんだヨ。

「どんなふうにちがうの？」

へんっ、アンタみたいなさ、一本調子であいまいな小帝国の文法に、訛ったシマコトバをちょこっと混ぜてみせるだけのへなちょこ芸で、ボクの声を記述するしか能のないやつなんかにさ、ヒトのアイデンティティにかかわる神聖なコトバのもんだいを、見た目年齢なんかで線引きされたくない、って言ってるんだヨっ。

くっ、このヤナワラバー、わたしの一番痛いところを突いてきやがる。小帝国の文法にマイノリティの言語、アイデンティティに神聖なコトバのもんだい、だって？　見栄っ張りのヘリクツ野郎めが。スマホ検索かなにかでにわかに仕入れた言語の分類と思想用語をたらたら垂れ流して、攻撃の武器にするとは。ま、使ってみせるだけでも、ただのホラ吹きワラバーだと言ってしまえない頭《チブル》の持ち主ではあるようだ。ちょっとした興味が湧かないでもないが、しかしこれも、相手にしないほうが身のためだ。無頓着をかこっていると、アンタさ、ボクにイチャモンつける前に、自分のこと振りかえりナっ。アンタだって入ってはいけないここに、さっきから入ってるじゃないか。反撃の追い討ちを食らう。黙っていてはやられるばかりだ。

「そんなことより、あのね、あなたが持ってる、その大きな袋、なにが入ってるの？　わたし、さっきからちょっと気になっているんだけど」

話をすりかえるナっ。

ワラビが目をむく。かなり本気だ。

そんなふうにさ、在ったコトを無かったことにしたり、都合よくコトを歪めたりするのは、生きているニンゲンの、最大最悪の罪じゃないかヨっ。

突然ドスを利かせた声になって、ワラビは続ける。

ウリっ、戦争は、今も昔も、あっちでもこっちでも、ドンナイ、バンナイ、やられているじゃないかヨっ。アンタには見えないのか、聴こえないのか。ウリ、ウリっ、あの空でゆうゆうと飛びかっている幾つもの黒い影は、カンムリワシなんかじゃないっ。テキを偵察する戦闘機じゃないか。アレが見えないというなら、やっぱりアンタの目は「フシアナ」だっ。オレには、まざまざと見える、からからと聴こえる。あの黒い影の背後でぺらぺら札束を数えているやつらのほくそ笑みや高笑いだってさ……。

慌ててわたしはノートを取る。

ヤンど、やっと分かったか。このオレが、ここでアンタに会うことになっている〈ひとりのオトコ〉さ。悪《ワ》ッサタンやぁ、こんなチビのイキガでヨ。

ボク、がいつのまにか、オレ、になって、いきなり訛ったシマコトバを混入させるシマヤッチーの口ぶり。仕方ないからヨ、アンタの記述能力に合わせてやるサ、というようなイキガワラビの調子が、ザワザワ草木をゆらしワサワサ心をざわつかせる。

おもむろに、ワラビが両手にぶら提げていた袋を叢《くさむら》に置いた。フヨウの木を右横手にした土盛りに座りこみ、人差し指で地面を指す。おまえもここに座れ、という仕草。指示に従い、わたしも叢に胡坐をかいて座り、膝の上にノートを広げる。そして、ぱくぱく動きだしたイキガワラビの口元をじっと見る。


見てのとおり、ここは草木のほか、何《ヌ》ーん無《ネ》ーらん、ただの野っぱらヨ。

細長く南北にくねったシマのちょうど真ん中あたりに位置するところでヨ。周りを海に囲まれたシマなのに、海が、何《マ》処ーからも、見《ミ》ーらん。ああ、あの岩山に登ったってだめサ、ぜんぜん見えんよ、海なんか。今、アッタに大地震《マギナイ》が起きて、大《マギ》津波なんかがおそって来たら、イッパツで、ブチクン、息の根が止まってしまいそうな海抜の低いシマなのにヨ、マーからも海がミーらん、っていうのは、デージ不思議、って思うよナ、アンタ。このムラは一体、シマのどのあたりに位置しているんだろうって。でもそれが、QムラのQムラたるゆえん、ってわけサ。ああ、Qムラの、Q、っていうのは、ナゾ、っていう程度のことらしいから、とくべつ深い意味はないサ。ついでにオレの名前は、仲村渠《なかんだかり》末吉。九人チョーデーの末っ子ってことで、すえきち、ってヨ。産んでくれたオヤが付けてくれたんで、特に不満というのはないけど、その名前のおかげで、オレ、こんな役目をする羽目になったってことをどう考えたらいいやら、ちょっと悩むところではあるが。ああ、こんな役目っていうのは、それは、このオレの話を最後まで聴いてくれたら、そのうち分かるサ。

それより、アンタ、今どき九人もチョーデーがいるっていうのは、この少子化の時代に常識はずれだって言いたいんだよナ。うん、でも、オレの育った環境の場合、まったくフツーよ。九人だろうが一ダースだろうが、バンナイ、ドンナイ、産むんだよ、計画もなにもあったもんじゃない。産むっていうか、孕まされるんだよナ、女達《イナグンチャー》は。お国の都合に洗脳されたイキガンチャーの欲望のままにヨ。まぁ、ナ、言ってみればこのオレだって、いちおうそのイキガのひとりってわけだけどヨ。とにかくオレは、九人チョーデーの末っ子で穀潰しもいいとこだから、いてもいなくてもどうでもいい存在なんで、こんな面倒な役目をヨ……。

ああ、オレの育った環境っていうのはいつの時代のどんな環境のことかって。んー、強いて言えば、今のような昔のような時代、ってことヨ。うん、で、アンタが訊きたいことっていうのは、Qムラに住み着いた同志《シンカ》のことだよナ。手っ取り早く言うとヨ、歴史のウラ街道を生きるヤカラのことサ。ヤクザ、ってわけじゃあないけど、世間の目からするとかなり近いタイプかもしれん。歴史のオモテ舞台で起こっているデキゴトには、合点《ガッティン》ならん、ということで、徒党を組んで地下に潜った連中のことだから。地上ではどうしてもやっていくことができない同志達《シンカヌチャー》が、ある「秘密のケイカク」を掲げて結集したのがこのムラの始まりってことサ。うん、それは、アンタの持っているファイルにも書いてあるとおりサね。そのＱムラを作ったシンカヌチャーに、今日はこのオレが、とくべつにアンタを会わせてやる……。アイッ、だめだよ、アンタ。手にしているそのノートとペンは、そこのクッツキボウの棘の上にでも、打《ウ》ッチャン放《ホ》ーレー。うん、それは、持って行かんほうがいいよ。そんなもん見たら、やつらはなにもしゃべらなくなるから。いや、姿も見せてくれないサ。だから、なにも手にせずに身ひとつで来るんだね、あいつらの話を聴きたければサ。ん？　いやいや、オレの持ってるこの布袋の荷物は、置いてくわけにはいかん。これは、アンタのノートやペンなんかより、ずーっと役に立つものだからヨ。何の役にか、って。そりゃあアンタ、このいびつきわまりない世界をヘンカクするためにサ。

ヤンど、じつはここが、本当のＱムラの入り口ってわけサ。さっきの立て札があった場所は、世間に対する目くらましってわけヨ。誰でも彼でも面白半分にここに入って来られても、困るからヨ、ある程度の人選はしなければならんサ。もうここに入ってしまっているアンタは、ある意味選ばれたる者、ってことになるねぇ。ま、それがアンタにとっていいか悪いか、これはオレの知ったこっちゃあないが。オレは、オレの役目を果たすだけのことでヨ……。アネ、見てみ、このフヨウの木の周りの土盛りが、Qムラへの扉ってわけヨ。こうしてこの幹を向こうへ倒すと……エぇー、アンタ、そこでボーと突っ立ってなんかいないで、手伝ってくれヨ。ちょっとばかし力が要るからヨこの仕事は。ここを向こう側へ押し倒せばいいだけなんだが……ズっズっ……パカ、ってね、ウリ、空いただろ。このぽっかり穴がQムラに続く回路ってわけサ。アリ、見てみ、すぐ目の下に、石の階段があるだろ、ここから降りるんだ。気をつけろ、うっかりすると滑るからナ。ゆっくり、ゆっくり、ヨーンナどー。なにも慌てることはないからナ、時間はたっぷりある。だんだん暗くなって先が見えにくくなるけど、そのうち目が慣れてくるから……ああ、怖がらなくていい、このオレが、ちゃんと案内してやるからヨ、アンタは黙ってオレに付いてくればいい、大丈夫、だいじょうぶだって、そんなにビビることないって。なにもアンタ、あの世に行くってわけじゃあないんだから。

今アンタには、なにが見えてるネ？　もうそろそろ目が慣れてきたころだろ。はぁ、まだなにも見えないってナぁ……アイヤぁ、アンタ、思っていた以上にデージ目が悪いんだねぇ。視力が、っていうより心の目がサぁ。心の目がダメだとすぐ目の前で起こってるデキゴトでもぜんぜん見えなかったりするんだよナぁ。ホントに困ったもんだがヨ。ヌぅ？　目はダメでも、耳のほうは比較的だいじょうぶだって？　ああ、そうナ、それはよかったサぁ。聴く、っていうのは目で見るよりもコトのシンジツを悟るにはデージ大事な機能だっていうからヨ。それじゃあ、ハイ、ちょうどアンタの真うしろに、アンタの尻にぴったりのへこみのある大きい石がころがっているからヨ。そう、そこ、そこに座って、耳をしっかり開けてじっとオレの声を聴いておればいいサ。そしたら、今は見えてないものも見えてくるようになるからヨ、そのうち。

　そうだね、ここはちょっと換気が悪くて、じとじとしているねぇ。陽の当たらない地下だからそれはしかたないサ。でも空間的にはけっこう広いところだよ。ああ、鍾乳洞みたいなものはない。自然壕じゃないからここは。シンカヌチャーが昼夜兼行で掘った人工のムラだから。「コーアン」とか「ミンペイ」とか「ＧＨＱ」とかに見つからないように、何年も何年もかけてこっそり掘ったんだ。ああ、「ミンペイ」とか「ＧＨＱ」とか、いつの時代の話かって。いやいや、そんなムカシの話じゃないサ、今《ナマ》のナマナマした話じゃないかヨ、とくべつな時代のものじゃないだろがこれは。民衆がうっかり油断するといつでも姿を見せる世界の裏の組織じゃないか。そのときどきに少し言い方が変わったりはするがヨ。シンカヌチャーに言わせると、それがテキの別称ってことらしい。つまりＱムラというのは、ナゾはナゾであっても、テキから身を守る保護区、戦う準備のための要塞、というようなものでもあったってことヨ、分かりやすく言うと。

　ああ、なんだか、硬くて冷たいモノに囲まれている感じがするって？　それはそうサ、ここは、ゴツゴツゴロゴロの岩でできた穴倉だから。うん、このゴツゴツ岩の上で、やつら、シンカヌチャーは毎晩寝ていたわけヨ。臥薪嘗胆の心で。ん？　だれに対する復讐心かって訊くのか。そりゃもちろんテキに対してさ。どんなテキかって。んー、それがヨ、困ったことに、なかなか姿を現さないテキで、そのことがシンカヌチャーの悩みの種でもあった。この陣地で、あれこれ作戦を立てて攻撃の準備をしたはいいが、テキがどう出るか一向に分からん。だから攻撃の方法が見つからん。アンタヨ、正体が分からないテキと戦うことくらい厄介な話はないサ。テキがそこに居ることははっきりしているのにどう出てくるか読めないっていうのは、じーっと待つしかないから、そりゃ、大変サ。デージきついサ。けど、どんなにデージでどんなにきつくても、シンカヌチャーは逃げるわけにはいかんかった。親《ウヤ》チョーデーや、オジィオバァや友人達《ドウシンチャー》をやられたウラミを、忘れるわけにはいかんかった。それで、見えないテキと戦うその時のために、最新のアイデアを駆使して考案した綿密なクンレンを、満身の緊張感をもって、こっそりやった。毎日欠かさずこつこつと辛抱強く……。

　エぇー、アンタ、さっきから、むさむさむさむさ、落ち着きなく腰振ってるが、なにか、オレを急かしてるつもりかヨ。だから、さっきから言ってるだろが、そんなに焦るなって。時間はたっぷりあるんだからヨ。は？　アンタのほうは時間があまりないってナ？　次の予定もあるからって？　ふーん、次の予定ね、そんなもんがあるふうには見えんがネ、アンタ、見たところ、のペーとした顔して……あ、見たところで判断するのは、いかんよナ。でもヨ、先を焦って筋だけを繋いだ骨ばかりの話っていうのは、コトバの血肉を殺いでしまうだけだからヨ、面白味なんかなくてぜんぜんおいしくないサぁねぇ。出汁を搾り取ったあとのソーキ骨みたいで。だからヨ、そんなにむさむさ腰振らんで、もうちょっと我慢してオレの話をじっと聴いておれ、ってば……。

ウリっ、よーく見てみ。

ここにあるのがＱムラのシンカヌチャーの生活の跡サ。ん、まだよく見えないって。はぁ、まだナぁ、まだ見えないってナぁ。はぁ、アンタ、ホントにしょーがない「フシアナ」さんだねぇ。じゃあ、ちょっとめんどくさいけど、此処から見えるモノをオレがひとつずつ説明してやるサ、もぉ、しょーがないから。アネ、すぐそこにあるのは、泥まみれの毛布とか千切れた衣類サ、その少し向こうに、空き缶、割れた瓶、ビニール袋、錆びた飯盒とか、そんなのがあっちこっちに転がっているサ。アンタの座っている右向こうにはヨ、ぶくぶくになったダンボールの塊があって、その中から鉄パイプやら薬莢やらが零れていて、ああ、デージ、くさいサぁね。タバコ臭《カジャ》いにアンモニアやら防腐剤やらが、肉の腐ったにおいに混ざってるような、まだぬるぬるしたカップラーメンの食い残しみたいな、日陰に放置されたウンチとションベンに腐った泥と黴を掻きまぜたような、っていうか、そんなにおい。ヒトの鼻を腐らせる死臭……そう、ここに残っているこのにおいそのものが、Ｑムラのシンカヌチャーがここで過ごした証拠ってわけヨ。どんなに時が経っても、残るものは、残る。真新しいものに混じって破壊されてしまったものも消されてしまったものも、においとして、残る。時の彼方にうちやられ、忘れ去られていた記憶の中の風景も音も、ヒトの感覚として、蘇る……おい、アンタっ、その手を離せっ、離すんだヨ。鼻を塞ぐんじゃないっ。アンタは心の目がぜんぜんダメなんだから、耳だけじゃ頼りないからヨ、その鼻をしっかりと利かせんといかんじゃないか。そうでないと、ほら、肝心な話がいつまでも見えてこんだろが。ん？　このにおい、とても耐えられないって……ああ、ホントに、デージくさいね。ほんとうはオレもだんだんきつくなってきたサ。でもヨ、もうすこし我慢しろ。臭覚っていうのは五感の中で一番先に麻痺する器官であるらしいから、すぐに慣れるサ。今にこの腐《シィ》った臭《カジャ》いも芳《カバ》しい匂《カジャ》いになるからヨ。エぇー、アンタ、鼻をひくひくさせてばかりいないで、このにおいをよーく嗅がんとダメじゃないか。しっかり嗅いで想像力を全開にせんと、シンカヌチャーの声も姿もアンタには届かんヨ。そうなったら、せっかくここまでオレに付いてきた意味がないじゃないか。

ハイよ、じゃあ、もういい加減このへんで、アンタをあいつらに会わせてやるサ。さすがのアンタの目もそろそろ少しは周りが見え始めるころだろが。そうかそうか、どうにかこうにか、うすぼんやりとだけど見えてきたってか。それはなによりなにより。よかったサぁ。そうじゃないとヨ、いつまでもだらだら無駄なコトバがかさばって、字数が増えるばかりで、困ったことになるサぁねぇ、ホントにヨ……。

アネ、あっちにころころ転がっている、あの白くまるいモノ。

ヤンど、あれが、あいつらヨ。中には、うっかりシンカヌチャーの作戦に嵌ってここに連れ込まれたテキも何人かは混じっている、という話もあるがヨ。いや、こうなってしまうと、どれがテキでどれがあいつらかはもう区別はつかん。いいや、見まちがいじゃない、あれはアンタの目に映っている通りのものサ。そうだねぇあれは、どのくらいあるんだろうねぇ。数えたことはないからはっきりしたアタマ数は分からないが、二桁程度ではないねぇあれは、山になったり谷になったりして重なっているところを見ると。ん？　あんなふうに、地下に転がってごろごろころころ絡み合っているのを見ていると、テキも味方もなく和気あいあいと仲良くじゃれあっているように見える？　微笑ましい感じも？　ああなってしまうとなんだか切なくて、いとしい気持ちにもなるねぇ、ってか。エぇー、アンタ、もしかして、あれらが美しい白バラ畑に見えたりはしてないか……ハイよっ、もしそうなら、それはそれは、とても危ないことサ、ああ、アブナイアブナイ。キタナイものを美しく見せたり、クサイものに蓋をしたりするのは、やっぱり、ダメさ。キタナイものはキタナイ、クサイものはクサイ……ああ、だったら、さっきオレの言った、腐《シィ》った臭《カジャ》いも芳《カバ》しい匂《カジャ》いになる、ってあれは、今ここではっきり訂正しておかないといかんねぇ。ダメサぁやっぱり、何事であっても美化なんかするのは、うん、いかん。いかん、サイガよッ。

　ヤンよ、シンカヌチャーは皆ここで力尽きた。いや残念ながら、テキと戦って尽きたってわけじゃない。「特別なクンレン」は綿密に用意周到、準備万端、あとは決行を待つのみ、っていう状態だったのにヨ、相手は、いつまで待っても姿を見せない卑怯な黒いテキだったから、けっきょくは、決行する機会はいつまでもやってこなくて、時間ばかりが無駄に経って、そのうち食料と水が尽きてしまって、シンカヌチャーは……。ん？　そうなる前に、どーして食いモノを手に入れるためにここを出て行かなかったかって。うん、それは、この壕の真上が、テキの陣地だったからサ。シマに居座った広いテキの基地が、ちょうどこの真上にはデンと陣取っていた。出て行けば否応も無く見つかって、一発、ズドン……身を隠す隙なんかどこにもない。だから、シンカヌチャーはここでじっと身を潜めているしかなかった。そんなことで、何十人ものシンカヌチャーの腹の中は、カラのまま……もう「クンレン」どころじゃなくなって……残ったのは、ヒトの鼻を腐らすこの臭いだけ、ってことになった。ああ、マックトゥ、哀《アワ》リなムンやぁ、って？　いやいや、アンタ、あいつらを哀れんでばかりもいられんヨ。明日は我が身だから……。

やしがテ（でもよ）、シンカヌチャーがこんなふうになったからといって、Qムラは跡形もなく霧散したってわけじゃない。あいつらが命の間際まで粘り強くつづけた「秘密のケイカク」の全てが、ほら、ここにある。そう、これサ。この二つの袋に入ってる、破れかけて黄ばんだ紙の束。この中に、シンカヌチャーの「秘密のケイカク」は秘密のまま閉じ込められた。そうよ、オレは、これをアンタに手渡すために、ここでアンタを待っていたってわけサ。だから、さぁ、受け取ってくれ。これで、穀潰しのオレも長年負ってきた役目からやっと解放されるってわけさ……ああ、アンタ、そんなにビビることはないだろ。こうして受け取ったからにはこれはもうアンタのものだから、煮るのも焼くのもアンタの勝手だからヨ。

ん？　これがどうやってオレの手に渡ったか、そのいきさつについて話す必要があるってか？　そんなこと、今更どうでもいい話じゃないか。アンタがなぜこんなところに現れてこうしてオレの話を聴いているのか、ということについてもね。

Qムラ前線b

ひんやりと薄暗い地下壕。

ついさきまで傍らに居た男の子の声が途切れ、野球帽を目深に被った姿も消えていることにふと気付く。ずっと聴こえていた声が引いたあとの空気の均質感が、耳にイタい。地下の湿った闇に心を澄ませていると、目が慣れてきたか岩間のどこからか光が漏れているのか、辺りが見わたせるほどの仄かなあかるみが広がった。

岩の天井は思いのほか高く、広い。ゆるやかな空気の流れがあって、壕は奥行きが深くかなり遠くまで続いていることが分かる。岩壁の所々にヒトの手で描かれたとおぼしきなにやらの落書き模様や文字が張り付いている。足元はでこぼこの石ころが原。くろぐろと続く右手側の岩壁に寄りかかるようにして小山を作った白く光るものが、うっそりと浮き上がった。イキガワラビが、アンタに会わせてやる、と言ったモノたちだ。だらりと仰向けになり、縮こまり、腰が折れ、頭、胴、片手片足がもぎ取られ放り出されたまま、がらがらに硬直し重なり合いヤマとなっては崩れ、穴蔵の底を掻き抱くようにして横たわる夥しい数の骨の群れ――。しずかだ。永遠の眠りについたモノたちの沈黙が空間を張り詰めさせ、ひたひたと押し寄せてくる気配にじっとわたしは耐えている。手ぶらの手の置きどころがなく、落ち着かない。聴き取りの自動速記ができるよういつも持ち歩いているノートとペンを、わたしは壕の入り口に置いてきてしまったので。

足元に縒れた袋が二つ。これはアンタのものだ、だから煮るのも焼くのもアンタの勝手だからヨ、と言ってイキガワラビが置いていった唐草模様の布袋。手前にある一つを開く。綴じられた紙束が幾つか、無造作に嵩張った状態で突っ込まれてある。ひとつかみ取り出す。黄ばんだA4くらいの用紙が一枚、ぱらり、舞い落ちる。

〈クンレン3　弐の手〉

初めの行に、鉛筆書きの角ばった文字でそう書いてある。行を替え、

〈闘うための……としては……めざ……である。まず……する……両手を……大き……上から……かる。……腹……そこ……Y字に……喉……ら……ぎりぎ……り出す。力……つつ……横に……から……あ……れる……Oの形に……右……へ……突き……すれす……とじ……肩のほう……げん……円を……とじ……目の……あら……い。〉

HB鉛筆で書かれたとおぼしき文字の大半が潰れている。紙の束を捲ってみたが、どのページ

も似たようなぽつぽつ文字の羅列が続き、内容の読み取りは困難だった。

書かれているのに読み取ることのできない紙の塊を抱え、わたしは小岩の上に座り込む。

粘つく空気の層が息苦しい。紙袋から残りの綴りを取り出し、手当たり次第に、ぱらぱらら……。「クンレン6　四の手」「クンレン5　弐の手」「クンレン4　壱の手」「クンレン2　五の手」……と記された紙の束を、ランダムに捲りまくる。が、捲ってもめくっても、硬くぎこちない筆跡で書かれた文字の乱舞が目に飛び込むばかり。この黄ばんだ紙の束が、イキガワラビの言った、この壕に籠もったQムラの同志《シンカヌチャー》らが、「秘密のケイカク」実現のために練りに練った「特別なクンレン」の概要？　打ち捨てられた古文書にも似た粗雑さに頼りない気持ちになる。

気を取り直す。ひとまず、この紙の束に目を通すだけは通してみようと、また、ひとつかみ、ふたつかみ……。猫の背中になって頭を垂れ、かびた紙の臭いを嗅ぎながらぽつぽつ文字の乱舞を追い続けた。むやみに紙を捲るうち、どうにか読みとれる文字の中に、ある共通するキーワードがあることに気付く。首、肩、腰、腹、背、喉、手首、足先……と、体の部位を表わす単語に、ゆるめる、しぼる、とじ、蹴り、上げ、下げ、矯める、ひらく……の、所作を表わすコトバが頻繁に書き込まれていること。想像するに、ここで言うクンレンとは身体のタンレンのことではないか、つまり、これは、闘うための筋トレメニューのようなものではなかろうか。そう思ったとき目の奥に絞られるようなイタミを覚え、紙を捲る手を止めた。視界が暗くなる。

――セイカイです。

声が降ってくる。見上げると、中背の瘦せた青年ふうのモノが、まっしろのYシャツにすっきりと折り目の入った濃いグレーのスラックスをすらりと穿き、わたしに覆いかぶさるようにして立っている。つられて立ち上がった。

——今あなたが想像したことは、限りなくセイカイに近い解答です。そうなのです。ここでいうクンレンとは、身体のタンレンのことなのです。

固まったままでいると、そのモノは顔面でわたしを撫でるようにゆらゆら首を上下させながら、声を発する。

——ただ、ですね、タンレンといっても、単純な筋肉のトレーニングというのではありません。精神の、というより意識、または神経の、といった方がいいのですが、分かりやすくいうと、ヒトの身体に隠れた脳パワーを鍛えるトレーニングのことなのです。

澄んだ声がひりりと頰に当たる。行儀の良いコトバ遣いがかえって威圧的に響き、すらりとした立ち姿もはっきりした輪郭でこの目に映っているのに、どこか存在感の薄いやつだった。じっと見あげているが面立ちや表情がよくつかめない。オトコかオンナかも。こやつ、一体、何処からやって来たのか。

——まぁ、あなた、このワタシを、こやつ、だなんて、そんな下品な呼び方はやめてください。それと、ワタシに関して、シンコクぶった疑問をいちいち発さないでください。ワタシの存在感がどうだとか、オトコかオンナか、だとか、挙句に何処からやって来たか、なんて、そんな、警察や検察なんかで被疑者を尋問するときのような無神経な質問を抱くのは、繊細なヒトの心を傷つけるだけです。

イヤな気分になる。このモノにはわたしの心の声が筒抜けのようなのだ。

——そうです、それも、セイカイです。ワタシにはあなたの心の声が読めるのですよ。今あなたが何を思い浮かべ、何を欲しているか、あなたの意識に現われることは全て同時進行的にワタシに伝わっているのです。

慌ててわたしは口元を手で押さえ、できるだけ何も思い浮かべないようにした。相手のコトバをまともに信じたわけではなかったが。

——あ、少し分かってきたようですね。そうです、そうです。そうやって何も考えず何も思わないようにすることが、今あなたが自分を守る唯一の方法なのですよ。そう、あなたとワタシの闘いは、すでに始まっているのですから。

タタカイ？　と訊き返そうとしたわたしの心の声を押さえ込むように、そのモノは、すっと腰を曲げて屈みこみ、細く白い人差し指をわたしの口元近くに立てた。お互いの顔を突き合わせる格好になる。ま近すぎて面立ちはますます曖昧になる。つんと黴っぽいシマ御香《ウコウ》の匂いが鼻をついた。

——そう、闘いです。ですからね、目の前のテキであるワタシに対して、あなたは一時も警戒心をゆるめてはいけないのです。あなたの思いつく作戦はワタシには全てお見通し、というわけですからね。ああ、そんな怪訝な顔をしないでください。ワタシがこんなワザを駆使できるのは、不思議なことでもなんでもありません。世界変革を夢見てこの壕に籠もったシンカヌチャーの手によって施されたクンレンの成果が、そうさせているだけです。ですからね、あなたが今迂闊なことを思い浮かべることは、テキに有利な条件を自ら提供するようなものですから、テキであるワタシの前では、何も考えず何も思い浮かべない方がいいのです。といっても、ウソをつくのはぜんぜんかまいませんよ。どころか、ウソをつくことはおおいに歓迎です。ウソは、闘うための格好の武器なのですから。つまり高度に上質なウソを駆使することができればあなたはワタシを摺り抜けることも可能になる、というわけです。まぁ、そういう芸当があなたの身に付いていれば、の話ですが。

そのモノはごちゃごちゃとややこしいことを言い続ける。

——なにが、ややこしいもんですか、あなた。

すかさずつっこまれた。わたしはふうーっとひとつ息を吐く。胸の中に抑えようもなく湧きあがる思いを無理にも霧散させるため。

——ねぇ、あなた、そんなふうに、世界の秘密を語るコトバを、ややこしい、のひと言で片付けるべきではありませんよ。乱暴に細部を切り捨てデキゴトを単純化してしまうのは、ヒトの心を硬直させるだけ、この世界をいっそう真っ暗闇にするだけ、じゃありませんか。理解困難な他者や異界を認識する方法については、古来よりさまざまな議論がありましょうが、それはそれとして、あなたが今どうしてもワタシという存在を説明する必要を感じているのであれば、こう考えれば済むことです。ワタシはあなた自身だ、と。

ハハ、いよいよもって呑み込みがたい奇天烈なことを……いやいや、これもあれもただ聞き流せばよい、ということのようだ。余計な詮索などせずに相手の言うままをそっくり受け入れることが今は肝心なのだろう。

——そうです、そうです。あなた、かなりいい感じになってきましたよ。このワタシをそっくりあなた自身として受け入れることからコトは始まるのです。これで、あなたとワタシは、闘うための交感が可能になりました。では、参りましょうか？

は？　このうえ、どこに……いやいや、ちょっとした疑問もなにもすっかり呑み込んでしまわなければ。すると相手は、ふふっ、と少女のような邪気のない笑い声を立てる。なにがおかしい……いやいやいやいやいや。わたしはぶるぶると頭を振り、ぎゅっと目を閉じすっかり心をむなしくするよう努める。

——そうそうそう、あなた、ますますいい感じになってきましたねぇ、うふふふ。

——…………………。

——どうやらこの闘いは、ワタシの勝ち、のようです。なんとまぁ、あなたはとても与しやすいタイプのようですねぇ。たった今あなたは、心の城を明け渡しワタシの支配下に置かれました。ワタシの仕掛けた「占領の術」に見事にハマったのです。ああ、「占領の術」というのはですね、またの名称を「片身分けの術」とも言われる場合がありまして、闘いにおける初動の作戦であると同時に仕上げの作戦でもあるのです。闘いは、まずなによりテキの心のスキに分け入ることからさりげなく始まります。テキの心に宿るアイとナサケに訴えかける、いわゆる「トモダチ作戦」と「コイビト作戦」で相手をじわじわ攻めあげていき、感謝と奉仕の精神でテキの心をいっぱいに満たし心身ともに根こそぎにした時点で、終了、となります。まぁ、いわゆる宣教師の布教活動がお手本ですがね。なによりこの作戦には悪魔的な威力があって、目に見えるボーリョクや金のノベボウなどより遥かに高い確率でテキを落とし込むことが可能になる、最も有効かつ確実な作戦なのですよ。因みに、この作戦は、「クンレン1　壱の手」と「クンレン7　八の手」の条に、クンレンの手順と方法が、初級から上級編まで詳しく丁寧に記述されております。ご参考までに。

——…………………。

——え、あ、これはこれは、なんということでしょう。参りました。降参です。今度は、ワタシの負け、のようです。一瞬にしてあなたにやられました。

——…………………。

——黙るが勝ち、というわけですよね、あなた。これは、なんと、すばらしい「黙殺の術」ではありませんか。闘う相手に沈黙されたのでは、テキは攻撃のコトバを失ってしまうだけですからねぇ。テキにしてみれば反撃のスキが全く見つかりません。沈黙は千金に勝る、饒舌かつ巧みなウソなどより遥かにすぐれた戦術だということを、あなたは、「特別なクンレン」なしに瞬時に悟ったようです。いやはや、参りました。さすがです。さきほどは与しやすい相手だとみくびったことを心から謝ります。与しやすいどころか、あなたはワタシが予想した以上に並外れた才覚の持ち主のようですねぇ。あなたを闘いの相手として迎え入れたことは、正しい選択でした。因みに、「黙殺の術」は「クンレン5　参の手」に詳細に書かれている作戦で、かなり高度なテクニックと修行によるタンレンが必要なのですが。なにはともあれ、これで、あなたとワタシの闘いは、引き分け、ということになりました。闘いの決着が引き分けになるということは、これもまた、何千年ものジンルイの戦闘史のうちでも、めったにないハイレベルの平和的終結なのですよ。このような見事な「戦後処理」をあなたと共有できたことをワタシは大変ホコリに思います。ですが、誤解してはいけません。闘いの終結、とは、開戦、の謂いでもありますので。

では、こちらの方へ。

あ、その前に。

あなたは今、ワタシは何処から来たか、と疑問を抱きましたね。でも、もうすでにあなたは察しているはずです。ワタシがこの骨のヤマから出来したモノだということを。とはいっても、ワタシ自身がここに横たわっている骨の群れのひとつであった、というわけではありません。このモノたちとワタシの関係を説明するのには、ちょっと複雑な手順と、聞き手の柔軟かつ豊かなイマジネーションが必要なのですが、あなたは、おいおいワタシを体験することになるでしょうから、いえ、もうあなたはワタシ自身、というわけですから、余計な説明は不要ですね。ではでは、長らくお待たせいたしました。

――さぁ、少し腰を屈めて、このヤマを掻き分けてここを潜ってください。

ああ、大丈夫です、危険なことはぜんぜんありませんので。骨のヤマはときどき部分的に崩れることはあっても、生きているあなたを攻撃したり害したりするようなことはいたしません。ただ、途中で、あなたに寄り掛かってきたり抱きついたりして、さまざまな表情や声で聞くに堪えないデキゴトを訴えることがあるかもしれませんが、それは、極力ムシしてください。すでにあなたは「黙殺の術」を身に付けていますから、ほら、さきほどあなた自身の心の声を封じ込めたあの方法で、かれらの呻きや涙、表情の歪み、目配せやひきつり、震え、の一切をひたすらムシすればよいだけです。そうでなければ、あなたは一歩も前へ進めなくなるのですよ、どころか、命取りです。かのモノらに対する、策なき一縷のナサケが、かれらと同じ運命にあなたを追い込み、結局見えないテキと終わりのない戦闘状態に入ってしまうことになるのです。それだけは慎重に避けなければなりません。そうすることが、身を犠牲にしてこのような有様となったこのモノらの懇願でもあるのです。もし、作戦がうまくいかず失敗するような事態になれば、あなたは、ほら、このモノたちと同じようにがらがらのヤカラになってしまうだけなのです。それは同時に、あなたとこうしてつながったワタシをも危険に晒すことになりますから、どうかそこのところをしっかり肝に銘じて行動してください。

――ほーら、もう着きました。びっくりするほど、すばやい到着です。じつにうまくやりましたねぇあなた。ディカチャンやー、ディカチャンどー……あ、これはまた、なんというコトバを。ほっとした途端、思わずワタシは旧Qムラ語を口走ってしまいましたよ。ヤバイです、これは。こんな、野卑で古くさい旧Qムラ語は、周到なクンレンの末にワタシの中からすっかり駆逐されたはずなのに。うっかり油断してしまったようです。それにしても、困った事態です。旧Qムラ語なんて、秩序あるN語の世界を混乱に陥れてしまうばかりのヤバン語ですからねぇ、ディカチャン、なんて、頭《チブル》がデカイだけのアカチャンみたいでサぁ、ハぁヤぁ……。ああ、それもこれも、あなたのあまりにも見事な「すり抜けの術」に感激したからにほかなりません。あなたは、ワタシが何年もかけて会得した「特別なクンレン」の成果を、あっというまに我がものにしてしまったうえ、このように、淡々黙々と、自在に振舞うことができるのですからねぇ。ハッサよー、汝《ヤ》ーや、マックトぅ、デージな、ディキヤー、やッサぁ、へれーとトゥルバッた見かけによらず。

というように、ですね、以後ワタシは、ときどき理性を失って右往左往《トゥールマール》した挙句に、いきなり野卑で古臭い旧Qムラ語を発してしまう、ということが、ときにあるかもしれません。ですが、この事態に関して、あなた、ちょっとばかし目を瞑ってもらえます？　文脈上多少の混乱が生じることがあったとしても、この程度のことでは、小帝国Nの国語世界は、あいまいゆらゆら、主語を失ったままふらつきながらも、決して崩れさることはありませんからねぇ。ですから、あなたは、N語のなかに突然挿入されるワタシの旧Qムラ語の破片など、知らんフーナーして聞き流せばすむことです。

ついで、といってはなんですが、ここで、もう少しばかりワタシの私的事情を弁解させていただいてよろしいでしょうか。じつをいえば、ワタシは、「クンレン5　八の手」のクンレン過程の中で、迂闊にも、密かに先祖返りを画策する特権的N語族の罠にかかり、ワタシの中の旧Qムラ語はすっかり駆逐され、N語の精神を知らぬまに身につけてしまいましたが、ここにきて、ワタシのN語の世界にホコロビというかスキができてきたようなのです。過去のワタシを焼却すべく行なわれたクンレンの成果に対する反抗心が、今、ムサムサうごめきだしたもようであります。困った事態だ、といえばそうなのですが、これは、あなたとの「片身分けの術」が功を奏した証拠、つまりあなたがワタシの中に入り込んだ如何ともしがたい影響、というわけでもあるのです。ある意味、大変歓迎すべき状況なのです。デキゴトの解釈にはいつもウラとオモテ、またはオモテにもウラにも現われない深い秘密が隠されてあることをお忘れなきよう。

因みに、ワタシがうっかり嵌められた「クンレン5」のコンセプトは、いわゆる「スパイ大作戦」です。周知のとおり、この作戦は、「戦時」におけるもっとも常套的なウラ技として、今も昔もウラもオモテもなく大活躍中です。テキを欺くためにテキのコトバや習慣を我がものにしテキになりすますクンレンのことですが、そこにはかぎりなくヒトの倫理に悖《もと》る理不尽な裏切り行為が付いてまわります。卑近な故事や例でたとえるなら、昨日の友は今日の仇、一寸先は闇の地獄、隣人の命を犠牲に豪邸で憩う一族、社員を過労死と自殺に追いやりガンガン業績を上げまくる起業家集団、臣民を集団死させた過去の記憶を抹殺し被害者になりすました元軍人、ゆがんだ御国の伝統復活を企む黒い一族……等々の、聞くに堪えない事態を招くアクドイやり方なんですよねぇ、この作戦は。うまくいけばいくほどにツミの意識に苛まれるものなのです。いくら知らんフーナーしても、心の奥底に巣くったツミの意識はなかなか消えてくれないですよ、あなた。だからヨー、我《ワン》ネー、毎晩《メーバン》メーバン、イッペー肝痛《チムヤ》ミシヨー、チャーシン、寝《ニ》ンラランどー、アイエー、アイエーナー……あれれれ、ワタシとしたことが、テキを真ん前にしてまたもやこんなみっともない動揺をさらしてしまうとは。これは、一体、何処のどなたの痛みがワタシのなかに侵入したのやら。アイヤー、こんな混乱状態は、これまでは起こらなかったことなんですがねぇ。エぇー、チャーナタガやー、我《ワン》や……れれれ……いやいやいや、まったくもって、チャーナランよ……。

ハイヨっ、こうなったのも、みーんな、あなたのせいです。あ、いえいえ、ワタシはあなたを責めているのではありませんよ。誤解なきよう。

というのもですね、あなたとワタシの闘いは、引き分け、ということから開始されていますから、お互いの心身の痛みが侵入し合い、お互いの影響力で混乱を引き起こしてしまうのは当然なのです。だとしても、ワタシにとってはやはり、じつに困った事態なのですこれは。闘いの場で、つい本音が出てしまう旧Qムラ語などを発してしまっては、出会いがしらのアナタのように、自らテキに勝ちを譲るようなものですからねぇ、ハぁヤア……。それにしてもテキを倒す第一級の武器は、なんといっても、コトバ、です。どんな強力な核バクダン、戦闘機、銃、ナイフなどより、コトバの持つ威力は最大最強です。ですからね、今ワタシがやらかしてしまったコトバの混乱は、闘いの場面では絶対的に不利な様相を呈してしまっている、というわけなのです。だからヨー、デージ、ヤバイですよ、ワタシは……。いえいえ、あなたは、ぜーんぜん気にする必要はありませんよ。これはワタシだけの問題ですから。言っときますが、あなたは決して余計なことを思い浮かべないように。そんなスキを見せたりしたらこれまでの親密なる二人の関係がぶちこわしになりますからね。

――ウリッ、見てみ。このじめじめと薄暗い空間を。

そうです。ここが、シンカヌチャーが「秘密のケイカク」のために設えた「特別なクンレン」のための道場、ってわけです。

ふん、これが道場だって？　ごつごつ岩場のあいだに骨のヤマが続いているだけで、特別な設えも道具もなにもないじゃないか、と、今アンタは疑いの心を抱いたネ。

アイっ、アンタ、そんなに、ぶるぶるぶるぶる、ヒトに媚を売るブルドッグみたいに首を振らんで。今の疑問は許してあげます。ちょっとした気のゆるみが心のスキを作ることは、誰にもあるんだし。アネ、うっかりタガがゆるんで思わず旧Qムラ語を阿鼻《アビ》ちらしてしまった、さっきの我《ワン》のように……アイっ、ワン、だなんて、ワタシの方が犬《イン》グァになったみたいサぁ。イヤな響きよねぇ、自分のことを、ワン、ワン、やて……アイヤー、これじゃあ、飼い主に捨てられて、ヤーサのあまり餌を要求して吼えたてるイングァだよねぇ、まーったく。ヤバンだよねぇ、やっぱり旧Qムラ語は、ヒトもイングァも同じ扱いなんだからさぁ。というか、ヒトも犬も同じ生きものっていう意味が込められてもいるんだけど……。まぁ、ヒトは始終緊張しっぱなしじゃあ、身が持たないってことですよ。今、ワタシとアンタは、Qムラのシンカヌチャーが、何十年もの歳月とかけがえのない命を犠牲にして掘り続けた秘密要塞基地のど真ん中に、こうして立っているんだからサ、お互い緊張を強いられるのは当たりまえ、ってことです。

でも、そろそろアンタは緊張を解いて。そう、ゆったりグァして、リラックスしてください。そうして、ヨーンナ、ヨーンナ、周りに首を回してごらん。あ、だめだめ、ヨーンナーだよ、チブルをぐらぐらさせたり、目《ミー》ぱちぱち、肝《チム》ドンドンしたりしたら、ダメ。そうそう、ふかーく息を吸ってから、すこぅしずつ、ゆーっくり、ゆーっくり、吐いて、吐いて……そうそうそう、いいよ、いいよ、そうそう、ヨーンナ、ヨーンナだよ、ゆったりグァして……そうそう、そうしていたら、そのうちに、ヒトにとってなによりも大切なものが、たんとその目に見えてくるから。

ヒトにとって大切なものって、今アンタは考えたね。

ああ、いいですいいです、またまた、水浴びした犬《イン》グァみたいにぶるぶる首を振らんで。せっかく、アンタ、心も体もゆったりグァしてきたというのに、これじゃあ元のモクアミじゃないですか。だから、心配《シワ》しないでいいんだってば。もうここまできたからには、アンタが心に何かを思い浮かべたり、ワタシと少し違うことを考えたりしたからといって、裏切り行為にはならないからサ。ワタシはもうアンタを全面的に受け入れているんだし、なんといっても、アンタはワタシで、ワタシはアンタ、なんだから……。だいいち、今アンタの抱いた疑問はヒトをやっつけたり傷つけたりするものではないでしょ。どころか、アンタとワタシが生き延びるためにきちんと考えなければならない絶対的なテーマ、命の問題なんだからサ。本当の闘いは、お互いがコトバをぶつけ合って全霊を発信交感して議論し合う、っていうのが、理想的なやり方なんだし。

それはそれとして、話を戻します。

そうです、これから本格的なクンレンに入らなければなりません。いいですか、ここからが肝心なところですから、あなたは一切の邪念を捨てて心を虚にしてください。心身の一部にちょっとした邪念や疑念、うすっぺらな想像力による薄笑い、凝り固まった先入観による優越感、卑屈な目線、などが少しでも察知されるにいたったならば、全てが一挙に崩壊しますので。どうかそのことを強く肝に銘じてください。

では、始めます。

さぁ、おおきく息を吐きます。そして、ふかぁく吸ってください。ゆったり、ゆったりグァ、して、チムドンドンを鎮めてくださぁい。ゆーっくり息を吐きながら、そのまま猫《マヤー》の姿勢になりまぁす……いや、そうじゃなくて、あなた、そんな、自分の中心、テンプスの位置がどこにあるか分からないようなちぐはぐな格好をしないでください。手足と首があっちゃこっちゃ空を泳いでいるだけで、ふらふらどこかへ飛んで行ってしまいそうじゃないですか。ああ、マヤーが、魂《マブヤー》、と聴こえたのですか。いやいや、マブヤーではなくて、マヤーです。ああ、一説によれば、マヤーはマブイの国からの使いだという言い伝えがあって、マヤーの習性とマブヤーの儀式を関連づけて主張するてあいもあるようですが、あれは、ただの迷信ですから、ムシしてください。

では、もう一度、初めから。

さぁ、あなたはマヤーになるのです。あらあら、あなた、そんなにぐらぐら揺れないで、両脇を軽く開けてから、ガマクをしっかり入れるのです。肩の力を抜いて、背筋はできるだけまーっすぐ、脳天を突き抜けるようにして伸ばしてください。心が落ち着きますからね。そうやって静かに膝をついて、はい、よつんばいになります。顎を出して、首を伸ばして、そのままぐーっと背中を反って……そうそう、マヤーは、そんな感じです。なかなかいいですよ、あなた、くねくねーっ、ごろにゃーん、の感じが全身から滲み出ています。はい、そうやって、また、ゆーっくり息を吸いこんで、またゆっくり吐きながら、次は、モーモーの背中を作りまぁす、ぐーっと、ぐーっと丸まって、そうそう、ぐーっとぐーっと……はい、これはいいですね、イッパツで決まりました。次は、ヒージャーのチビ振り、といきましょうか……おやおや、くぃくぃくぃっと、なんと、これも、イッパツで決まりです。次は、マングースーの噛み付き、といきます……次は、コッカローの羽ばたき、アタビチのスクワット、とだんだんに移っていきまぁす……さぁて、今度は、天井を巡るヤールーのガニマタ行進、といきましょうか……それから、ビーチャーのちょろちょろアッチャー……マクガンの横歩き……次は、間違って浜に上がってしまった方向音痴のヤラブーのぐねぐねアッチャーです。さぁ、首をやわらかくしならせます。頭を股間に入れて、背中をねじって、くねってくねって、もっとくねって……そうそう、そうやって、ゆーっくりのたうったまま、しりしりしりと肘歩きで水の中に入りまぁす。ほーら、ここはひろーい海です。あなたは今イユになりました。いきなりグルクンの平泳ぎはうつくしすぎてかなり高度ですので、ミジュンのパタパタダンスから始めましょう……そうそう、パタパタパタ……ああ、いいですねぇ、ミジュンの愛らしさがとてもよく出ています。上手、じょうず……アイやー、ホントに、アンタ、ユー、ディキトぅンどー、ヤーぬ、ミジュンウドぅイや、ふぃふぃし、チビラーサンどー……。なんて、感動的な場面でしょう。ワタシの体得したクンレンの成果が、この程度の手ほどきであなたに易々と伝授されていくなんて。ハッサミよー、ヤーや、マックトぅ、デージな、スグリムンやさやー……。

因みに、このクンレンは、「七変化の術」或いは「カメレオンの術」、と名づけられ、「クンレン5　七の手」の中に、微妙な身ごなしのテクニックがいちいち事細かに記述されています。身体運動に不器用な方は参考にしてください。いえいえ、あなたはもう、記録を読む必要はありません。すでに見事な芸を身につけてしまいましたから。

このクンレンは一体何のためのものか、っていうんですよね、あなた。あ、大丈夫ですよ。繰り返しますが、以後、あなたからのどんな疑問も受け付けます。あなたの疑問は全てワタシのものでもありますから。

ほら、こうやって、「カメレオンの術」を我がものにできれば、変幻自在にどこへでも移動することができるじゃありませんか。つまりこの身ごなしの術は、時と場所を選ばずテキの陣地に侵入し縦横無尽にスパイを働き、テキの情報を味方に伝えるための変身術、というわけです。そればかりではありませんよ。一義的にはそうなのですが、この術の本来の目的はほかにあります。ヒトがヒトとして生きていくためにもっともカナメになる点、そうです、理解困難な他者への想像力を鍛えるクンレンです。豊かな想像力は身体の動きを伴う必要があります。つまり、変身の過程において直に相手の思いや痛みを感得しテキを心身ともに我自身だとみなす感性を養成する、という目的です。テキを我自身だと感じ取る術が身に付けば、テキの喜びは我が喜び、テキの痛み悲しみも我のもの、そう感じるようになる。そうなれば闘いは一挙に解決へと向かうはずです。そうです、勝ちも負けもない、引き分け、という高度な闘いの終結へ、です。

以上で、あなたは、「クンレン5」までの全てのカリキュラムを通過しました。これであなたは、シンカヌチャーの「秘密のケイカク」実践への第一歩を踏み出すことができるようになったのです。ああ、そのままそのまま、続けてください。動きを止めてはいけません。フユーしたり、テーゲーシーしたりして、手抜きをしないように。

次へ急ぎます。時間を無駄にしてはいけません。

ほら、あなたのココロとカラダに、今、不思議な変化が起こってない？　体全体の皮膚がスースー呼吸をはじめて空っぽの心が一杯に満たされていく感じがしないネ？　ね？　するでしょ。

そう、これです、これ。ヒトにとってなにより大切なものというのは。

そうです。これが、Qムラに立て籠もったシンカヌチャーが、「特別なクンレン」の成果で勝ち取った、地下の生気です。CO2やアンモニア、PM2・5、ジンルイ滅亡の危険度が高い放射性物質など、文明の作り出した毒物の混入を阻止する、命の気体です。

ですから、さぁ、あなたはココロとカラダをもっと開放してください。肺を大きく開いて、ふかーく呼吸をして、地上で吸い取った汚染物をここで吐き出すのです。そうすれば、ここに堆く積まれたこのモノたちがあなたの吐き出した毒素を吸い取ってくれますから。そして、彼らから流れてくる甘くておいしい命の空気をあなたが受け取るのです。そうすれば、地上の汚染物のせいで鈍った感覚が本来のヒトのものになる。そういう仕掛けです。

ハぁ？　ずっと緊張を強いられ、あれやこれやとやらされたわりには、あまりに仕掛けがタンジュンすぎて、あっけなくて、なんだかバカみたい、って？

バカみたいとはなんですか、あなた。コトがタンジュンなのは当たり前です。ヒトが生きることは、タンジュンで複雑、複雑に見えてじつはタンジュンなものなのですからね。それにしても、シンカヌチャーは、なんのために自分の命を犠牲にしてまでこんな仕組みを？　そう訊くのも愚問ですよ、あなた。ですが、ここは、Qムラの輪郭と存在理由をより見えやすくするために、きっちりと答えることにいたしましょう。そうすることが、先の見えない不安の袋に閉じ込めたまま、あなたをここまで引き入れてしまったワタシの責任でもありますからね。これからワタシは、あなたが今一番知りたがっていることを語るつもりです。やっとそれができるところまでやってきました。

結論を急ぎます。時間がありませんので。

長いながい時間と尊い命をかけ、練りに練ったシンカヌチャーの「秘密のケイカク」は、ある時期、大幅な変更を余儀なくされました。というのも、この場所に立て籠もったシンカヌチャーは、気が付くと強大なテキに包囲され四面楚歌となって出るに出られず、クンレンの成果を発揮することが不可能になった、という事情は、「Qムラ前線a」でイキガワラビが語ってくれましたよね。あのワラバーが語った、食糧が尽き飢えて骨になったシンカヌチャーのいきさつについては、全くのウソというわけではありませんが、骨のシンジツを語ってはいません。つまり、これらの骨のヤマはただのカルシウム、打ち捨てられたイガイ、命のヌケガラ、というのではない、ということです。

苦悶の末、シンカヌチャーが辿りついたのは、ジンルイの闘いの歴史からは考えも及ばない思いがけない境地でした。テキを攻めるでもミカタを守るでもなく、密かに勝利の奇声を上げることができる戦闘術を、奇跡的に手に入れたのです。膨大な国家予算を湯水のように流し込み大国が考案したどんな軍備力も及ばない、それこそ次元の異なる高度な闘い方をシンカヌチャーは考案したのです。そう、それが、この骨のヤマなのです。このモノたちは、いわば土地の記憶が凝縮された歴史の証人たちです。このモノたちから、それぞれの歴史や時代の偏見に汚染されることのないマットウな記憶のシンジツのみを抽出し、今を生きるヒトビトの意識に注入すること。それが、シンカヌチャーの闘いを勝利に導くスーパーハイレベル戦闘術の奥義だったのです。

とはいえ、残念ながらこのモノたちは、公衆の面前でその存在を訴えることのできない沈黙の証人、と考えられています。つまり、公の裁判の場で裁判官を説得する証言ができない、ゆえに、その存在を証明することができない、ということです。ですが、それは浅はかな貧しい考えにすぎません。このモノたちは、ただ沈黙しているのではないからです。これらは、気の遠くなるような長いながい地下の沈黙の時間が醸成した記憶のシンジツが、濃密に蓄えられた骨たちなのですから、単なる骨のヤマなどであるはずはないのです。きっぱりと、そう言い切る科学的な証拠が、あります。

ほら、ここに。

この袋の底に寝かされた、三冊のノートです。ここには、ノーベル賞レベルのある医学的大発見の証拠、検証実験経過と成果の記録が、再生可能な方法で残されているのです。時間がありませんので、その成果と実験の過程を急いで説明すると、こういうことになります。生きているあいだのタンレンで浄化されたこれらの骨が発散する気の中から、Ｑｍｒ細胞、と呼ばれる物質が、一人の天才科学者を自称する若きシンカヌチャーの手によって偶然にも発見されたことから、コトは始まりました。そうです。その奇跡の発見が、シンカヌチャーの「秘密のケイカク」を実現可能にしたのです。実現に向けての具体的な手順は、こうです。特別なクンレンを潜り抜けたヒトの皮膚に、Ｑｍｒ細胞――この空間に漂うひりひりと張り詰めた深いふかい骨たちの沈黙の中から、闇のなかに蛍が発光するように七色の光を放ちながらＱｍｒ細胞は生まれ出てくるのですが――を、特殊なテクニックを使って注入します。注入、といってもＱｍｒ細胞は微細な粒子ですから肉眼では見えず、当然注射器などで注入することもできませんので、ただ皮膚感覚で感じ取るだけですが。微細な感覚を通じて、うまい具合に世界に漂う繊細な気の流れに乗せてヒトからヒトへとＱｍｒ細胞を注入すると、こうしてワタシのようなモノが生まれる、というわけです。そうやってこれまで幾人もの同志《ドウシ》ンチャーがこの道場から巣立って行ったことか。

そうですそうです。すでにあなたもＱｍｒ細胞の持ち主です。今あなたがスースーと気持ちよく息をし、ふくふくと満たされた気分を味わっているそのしあわせそうな表情こそが、あなたがＱｍｒ細胞を受け取ったなによりの証拠なのですよ。

さて、もうお分かりですね。シンカヌチャーの闘いとは、汚物を吸い続けたヒトビトによって作られた世界からヒトの心を取り戻し、新しいヒトビトを作り出すことなのです。一時でも油断すると闇の地獄から飛んでくるテキの毒矢からヒトを守るため、世界を浄化するＱｍｒ細胞をもつ仲間を地上に送り込む。ああ、そんなヒトビトがどんどん増えていけば、いったいどういう世界になるか――。

そうそう、ここに来るまでのあいだにあなたが逢った、海辺でジラバを踊ったり、ガジマル樹の下で声を掛けてきたヒトとか、岩場でウタを歌っていたヒトとか、ほら、この壕の入り口からここまであなたを案内してくれたイキガワラバーとか、ちょっと変わったモノたちがいたでしょう。そうです、かれらは、Ｑｍｒ細胞を身体に宿す我々《ワッター》のドウシンチャーだったのですよ。

それはそれとして、あなたが再び地上に出られるかどうか、ですって？　残念ですが、そのことはワタシの関知するところではありません。それより、ワタシがここに居られるのはもう時間切れのようなので。

Qムラ陥落

背骨にごつごつ当たる岩の壁にもたれ掛かりうとうとしていると、突如、爆発音に背中をどつかれ前のめりに崩れ落ちた。しばし蹲り抱えていた頭をもたげたとき、ふいと脳裏をかすめた言葉がある。

〈岩壁を辿れ、
奥へ、奥へ奥へと
さすれば……〉

小雨のそぼ降る朝、出がけしなの玄関先で、坊主頭のヤカラから届けられた数帳のファイルの一つ、オモテ表紙にアルファベットの一文字で仕分けられた何番目かの記録の導入部分だった。手にしたとき、ぱらぱら捲っただけのページの冒頭部分が知らぬまにわたしの脳裏に刷り込まれていたようなのだ。ファイルの記号は「w」か「p」か、いや「o」だったか。

記録に促されるままシマ巡りのタビを始めてから、どのくらいの時間が経っているのだか。時の感覚がおぼつかない。触れてくるもののすべてがなにやら怪しく、この身の所在そのものがこのうえなく頼りなかった。ついさきの爆発音は幻聴だった、と思わせる静謐が辺りを覆っている。堆くヤマをなしていた骨の蔵から抜け出していることは分かったが、見渡すと、骨のヤマは跡形もなく、ずっとわたしを占領し「秘密のクンレン」を施していた青年ふうのモノも、気配さえない。わたしはひとりじめじめとうす暗い孤独感の中。凸凹の襞をくねらせてつづく黒褐色に塗りこめられた地下壕の岩壁に取り囲まれている。ぺろんと表皮を捲られ裏返しにされた我が身の内部に籠もっているかのよう。

どこからか耳をくすぐる振動音が届いた。

つ、とと、つととと、つつ、ととと、つつ、ととつつつとととつつとととと……。小さく途切れてはつながり、だんだんに太く速くなる、と思うとゆるんで途切れかけまたつながり、とと、つつ、とつづく。彼方から送られてくるモールス信号のようにも、抑えた小太鼓の連打のようにも聴こえるが、出口のない壕の壁で音が反響し合っているのだろう、音源の方向が定められない。聞き耳を立てているとそのうち細くすぼまり遠くへ去った。

岩壁伝いに歩き始める。足元は土混じりの苔の這う石ころ道だ。ときどき滑ってしまいそうになりながら、そろっ、そろっ、と歩く。案内人のいなくなった壕の一人歩きは当て所がなく、先へ行くほどに深海に一歩ずつ身を沈めてゆく感覚に陥る。後戻りをするきっかけはつかめない。浮かんだ言葉の指示するままに、壕の奥へ奥へと、ひたすら歩く。さすれば……のあとのメッセージを確かめなければという強迫感に急かされている。

ぽとん。脳天に当たるものが。

見上げると、天井の一点に青白い光が小さく渦を巻いている。ぐーっと首を反って眺めた。ぽとん。額にひとつ。右頬に、ぽとん。ぽと、ぽっとん、生温く、微かに青草の匂いを含んだ水の滴りだ。だんだんに落ちる速度が増してくる。ぽとぽとぽと、とぽぽぽぽぽ……。光の粒子が水の玉に形を変えあわただしく落下してくるよう。背伸びをし、思わずその方へ手を差し伸べた。岩の天井に隠れ棲む変化のモノから早口の小声で呼びかけられている、そんな気がしたので。だが、応答のしようはない。

どのくらい歩いたか。

大口をあけたクジラの食道を思わせた壕の空洞が、突起のある縦皺を刻んで少しずつ先細りになってゆく。先へ進むほどに追い詰められてゆく感じが強くなるが、いくらか空気の流れが速くなった気もするのでどこかへ突き抜ける通路が近くなったかもしれない。足を速めようとしたとき、右手の岩壁から、目の端を撫でるようにしてすいと横切る影が。思わず身を反らせた。するるるっ。かなりのスピードで先をゆく。つられて追いかけようとすると、ぴたんと立ち止まり、ひゅんと振りかえる。淡く揺れるヒト影。後ずさりつつ目を凝らした。ぼさぼさの髪と角ばった肩幅はオトコのようで、上体を左右に揺すり不安定に腰を屈める歩き方で仄明かりのなかをくらっくらっと近づいて来る。中肉中背、痩せ型、青っぽいズボンに無造作にシマ草履をつっ掛けるという出で立ち。老人というようではないが白髪混じりの髪はある程度の年配者なのだろう。白色無地の開襟シャツをゆるりと着て、細面に黒縁の眼鏡を掛けた顔はどことなくインテリふう。目の前までやって来ると、ぼんやりしている表情のなかで頬と口元が微かに弛んでいるのが分かった。

——やっ、と、逢え、ましたね、アナタ。

絡まるように言われた。

——よく、ぞ、まぁ、アナ、タ、ここまで、たどり、着くこと、が、できた、もの、です。いやはや、ほんとう、に、無事で、よかった。

たどたどとコトバを噛み、ヤファっ、ヤファっ、と低くうねる声。どもっているというのではないが、コトバを発することが苦役でもあるようにもたつき、それでいてたっぷりと粘り気のあるトーン。聞き覚えがある。タビの途中で出逢ったヤカラの一人か。行きずりの者にしてはなにかひどく懐かしい。ふと湧いた気分を扱いかねていると、オトコは、いやに白く細い指でぼさぼさの胡麻塩頭をひと撫でして言った。

——待って、いた、の、ですよ、ワタ、シは、アナタ、が、こうして、ワタシに、逢いに、来て、くれ、る、のを、ここで、ずっ、と。

オトコの顔をわたしはじっと見る。相手も眼鏡越しにわたしを見据えている。こちらが想い出すのを待っているようす。いっそう目を凝らす。だが思い当たるふしはない。フトゥ、フトゥフトゥ、いきなり胸が高鳴る。わたしは慌てる。このモノとの出逢いを待っていたのはわたしの方だった。とつぜん湧きあがるそんな気持ちに押し出された。

——すみません、すっかり遅くなりました。途中で、あれこれと寄り道をしたものですから、けっきょく今になってしまって……。

オトコがふっと表情を弛めた。

——いいえ、いいえ、それはそれで、いい、の、です、こうして、アナタは、ぶじに、ここに、たどり着いて、くれた、の、ですから。寄り道、は、むしろ、アナタに、とって、ひつような、体験、だった、のです。

満面の笑みを浮かべてオトコは言う。心からの歓迎表明のようだ。吸い込まれるようになってわたしは訊ねた。

——あの、あなたは、いつ、どこで、わたしと……。

一瞬オトコの表情がこわばる。

——あ、失礼なことを。

——いい、え、いいえ、そんな、ことは、ありま、せん、よ、そんなこと、は、ぜんぜん、ない、の、です、が……。

言いよどみ、オトコは溜息をひとつ吐く。うっすらとした悲しみが目元に漂った。忘れられたことへの悲嘆か、それとも彼を悲しませるなにかがわたしとの間にあったか。顔には静かな笑みが戻っていた。

――立ちばなし、というのも、なん、ですから、すわり、ま、せんか、アナタ。

あちらへ、とオトコがすっと腕を伸ばした。顔を向けると、先細りになってゆくと思われた空洞の片隅に、思いがけない広間が。中心に、縦四メートル横一・五メートルはあるかと思われる大きな石のテーブルが、どしりと座っている。周りに腰掛用に見える石のかたまりが十数個ばらついて配置され、一見、大所帯の食卓を思わせるひそやかな壕の一角だった。

近づいてみると、テーブルはくびれの入った細長い瓢箪の形で、椅子は大きさも形も不揃い。テーブルにも椅子にも脚がなく、どれも挽き臼をひっくり返したような寸胴型をしている。岩を削り取ってこさえたもののようで、製作を中途で断念した石像がそこらに放り出されているという感じもある。どれも存在感のある重量で場を占領し、ちっとやそっとでは動かせそうにない。食卓というよりここは、同志《シンカヌチャー》たちがユンタクする憩いの場でもあったかもしれないという気がした。ときに、何人ものシンカヌチャーがこの場所に集い、作戦会議などを開いたり、コトが成った暁のＱムラの仕組みや活動などについて丁々発止と唾を飛ばす議論の場と化すことが、あるいはあったかもしれない。今にもそこらから過激にやりあう彼らの声がやんややんやと聴こえてきそうな熱の名残りがあった。

オトコの目配せに従い、椅子に座った。ひんやり石の冷たさが伝わる。真向かいにオトコが座った。目鼻立ちの整った、皺らしい皺のないほっそり顔だ。眼鏡を取ってテーブルの上に置くと、深い二重の大きな目が現われた。たどたどとオトコは話し出す。

——ワタシ、は、アナタ、が、逢いに来て、くれる、のを、今か今かと、待って、は、いました、が、アナタと、ワタシが、カコにおいて、とくべつ、に、かかわること、が、あったかどうか、に、ついては、ざんねん、ながら、分から、ない、のです。アナタに、かんする、ジョウホウを、ワタシ、は、なに、ひとつ、手にして、いない、の、です。

オトコは悲嘆に暮れる表情で、瞼を神経質に瞬かせた。

——わたしを待っていたのに、わたしのことはなにも知らない、というのですね。

——そう、です、ワタシ、から、アナタと、かかわった、と、思われる、デキゴトの、いっさい、が、すっかり、消し去られて、いる、の、です……。

今にも泣き出しそうな震え声だった。わたしは動揺する。しかし単純な気持ちで相手に寄り添うそぶりを見せてはいけないと自分を律する。なにより今はこのオトコの震え声に込められた事情を訊き出すことが肝要なのだ。

——つまり、こういうことですか。あなたの過去の記憶が、なんらかの理由で喪われてしまった、と。それは、部分的なものですか、それとも記憶の全てが、ということですか、そういうことなら、その記憶が喪われたいきさつについて……。

知らずに尋問の口調で畳み込む。

——そういうこと、とも、ちょっと、ちがう、の、です。

——何が、どう違うのです。

——……そう、ですね、ワタシ、の、ばあい、カコ、とか、キオク、とか、いうものが、いつ、の、どんな、デキゴトを指す、もので、ある、のか、そういう、ことへの、ニンシキ、じたい、が、喪われている、と、いうこと、のよう、なの、です。

——記憶の認識域が混濁していると?

——そういう、言い方も、タダシイ、とは、いえま、せん。

——ほかに、どういう言い方があるのです。

——ワタシ、には、こうして、アナタと逢っている、イマ、が、あるだけ、なのです。ああ、いい、え、いえ、そういう、言い方も、セイカク、では、ありま、せん。あえていう、なら、ワタシ、のいる、この場が、キオクの在り処、なの、です、それを、とりあえず、カコ、と言い換えても、いいの、ですが。さらに、言い換える、なら、ワタシ自体、が、カコそのもの、というわけ、なの、です。

言い分に混乱があって話をはぐらかされている気もするが、からかいやごまかしの含みは感じられない。とにかく、相手の語りをもっと引き出さなくては。

——記憶としての今のあなたと、過去としてのあなた自身があるだけ、ということは、つまりあなたには、未来がない、ということなのですね。

途端にオトコはふぅーと息を吹くようにして目を伏せた。わたしの粗雑なもの言いと無知さ加減を責めているふうもある。溜息とともにゆっくり顔を上げた。たどたどと続ける。

——もともと、未来、という、トキは、やって来ないトキ、のこと、を、いうの、です、未だ、来たらず、というわけ、ですから。来たらずの、トキ、やって来る、はずのない、トキ、を、だれで、あれ、手に入れられる、はず、は、ありま、せん。

——それは……。

——ほら、ごらん、な、さい、アナタの前、にも、ワタシの後ろ、にも、この、どこまでも、うす暗い、とざ、された、壕の、イマ、しか、ないじゃ、ありま、せん、か。

言いながらオトコはぐっと首をねじった。バネ仕掛けの人形の動きで、ぐ、るる、ぐる、るるー、と壕の周りを見渡す。ほ、ら、あっ、ち、を、見て、も、こっ、ち、を、見て、も、ワタシ、たち、を、だっしゅつ、させて、くれ、そうな、出口、らしい、ところ、は、見あたら、ない、じゃあ、ありま、せん、か、というように。表情は恐ろしく真剣だ。この出口のないオトコとのやりとりからどうにか抜け出す方法はないものか。だが、ぐ、るる、と岩壁をなぞり続けるオトコの目の先を追っていくうち、ここから脱け出す道などどこにも見当たらないことを認めざるをえなくなった。

ここは、地下壕の行き止まり、つまり、Qムラのどん詰まり、だ。

ぽっかりと蒲鉾型に抉られた穴倉は、追い詰められたシンカヌチャーの最後の砦でもあったのだろう。このテーブルのしつらえは、シンカヌチャーが最後の晩餐を催した名残り、という気もする。岩間から放出される、アンモニア臭を含む酸いような苦いような刺激臭は、シンカヌチャーの食べ残した食物や体臭や排泄物の残り香のようにも思われた。どこからか差し込み、石のテーブルに反射する仄明かりが、オトコの顔をま近かに照らし出す。意外にヒト臭い表情だ。岩の壁から現われたオトコ。何者か。ある日とつぜん予期せぬデキゴトに巻き込まれ、理不尽にも地下壕に閉じ込められた挙句、いつのまに壁化してしまった運の悪いヤツか。または、地上の世界にイヤ気がさし出家の境地から、噂の地下壕に自ら逃げ込んだはいいが出るに出られず永遠の壕の住人となってしまった世捨て人か。あるいはやはり、Qムラのシンカヌチャーの生き残りか。そういう手合いでなくとも、彼らとなんらかのかかわりをした者として切なる想いを伝えるべくここでわたしを待っていた?

気になってしかたがないのはオトコの語り口に覚えるこの既視感。座った位置から壁の周りに、ぐ、るる、ぐるる、と目を巡らせる動きをオトコはやめようとしない。出口を探しているというのではなく、逃げ場がないことを執拗に確認しているようでもあった。わたしは話を戻すことにした。

——未来はやって来ないトキだ、とあなたは言いました。

——そう、です、出逢う、はず、のない、トキ、ワタシたち、が、こうして、生きて、いるかぎり、水久に、行き逢わない、トキ、それが、未来、なのです。

——未来を、希望、と言い換えるなら、どうでしょう。

吹き出すのを堪えた皮肉な片口笑い《カタクチワレー》をオトコは浮かべた。

——キボウ、ですか……。

歪んだ表情を保ったままオトコはそのまま口を閉じた。いつまでも何も言わない。わたしの方は気が滅入って仕方がない。未来がどうあれ、今のこの気分をなんとかしなければ。

——たとえば、ですね、今のわたしとあなたは、こうして、このうす暗い壕の中に閉じ込められたまま身動きのとれない時間を共有するしかない、としても、ですね、壕の外には少なくともここよりは、明るく、広い、別世界が開けているわけですから、なんとかそこへ出る道を……。

吼えるような息がわたしを遮る。

——ふ、ほォー。壕の、そとの、あかるい、べっせかい、です、か、ふほォふほォ。

大仰に息を吹きながらオトコはわたしのコトバを鸚鵡返しにする。じっとりと見つめられた。くらっとするような暗い鉛の瞳。なんなのだこの陰気さは。イライラが募り、ふつふつと湧き起こる敵意をわたしは剝き出しにする。

——あの、ですね、希望、とか、別世界、とかいう言い方に、軽さや短絡あるいは飛躍があるとしてもですね、少なくとも、ここ、Qムラとか言われる、岩だらけ黴だらけ謎だらけ、どこを見渡してもうす暗いだけ、のこの地下壕よりは広く、光さんざめく外の世界があるってことですよ、あなた。

オトコがちょっと怯んだ。勢いづいてわたしは続ける。

――そうです、そこには、おおぜいのヒトビトが行き交う明るい市や町や村があります。工場やビルや、ヒトの住む家、公園やガッコウ、青い海や緑の丘や畑や森や川や沼……お墓にお寺に神社や御嶽《ウタキ》、ところによっては、悪臭を振り撒くドブ川やゴミの山、人ゴミや車道、放射性物質に汚染された瓦礫の山に、フェンスで囲まれたヒト殺しの訓練場……とかとかもあって、汚い、といえば汚い、醜い、といえば醜い、ムゴイ、といえばムゴイけれど、でもね、美しい、と思えば美しくも見える風景がレッキと存在する、あの世界ですよ。なにより、それぞれにかけがえのないヒトビトが、ほそぼそながらもそれなりに生きているあの地上の世界のことじゃあ、ないですか、あなた。

――…………。

――わたしは、そこから来たのよ。仕事をほったらかしにして、説明しがたい理由でもって、ファイルの「記録」に誘われるままにこのタビに出てしまった、というわけなの。だからね、わたしは、あなたと別れたあとは、元居たあの場所へ帰らなければならないの、明るい、外の、べつせかい、へ。つまりね、わたしは、こんな暗い壕の中の陰気な所で、どこの誰とも知れないあんたなんかと、いつまでもこんな埒の明かない抽象論なんぞを戦わせているわけにはいかない、ってことです。ハイ、ですからね、あなた……。ああ、なにがどうなって、わたしはこんな壕の中に迷い込んでしまったんでしょ、それこそが、謎、というべき事態なのです。考えてみると、あれもこれも、坊主頭のヤカラがわたしに届けたあのファイルのせいです、そうそう、そうでした、ハぁ、もォ、わたしはなんの因果で、あんな得体知れずのファイルなんかをうっかり受け取ってしまったのでしょう、ハぁ、ヤぁ、ハぁもォ……。

なにをどう言えばいいのかわけが分からなくなって、ハぁ、ヤぁ、ハぁもォ、と溜息の連発になった。と、いきなり、ドドンッ。オトコがテーブルを叩く。

——ナ、なぁにを、いーって、るん、です、かっ、アーナタはっ。

びっくりしてわたしはひょんと腰を上げた。

——なぁん、にも、わかぁって、ないっ、の、でーす、ねっ、アナタはっ。そーんな、ゆーちょーな、ことをっ、いーってる、ばあーい、です、かっ、今の、アーナタはっ、そこへ、帰るすべを、すーべて、喪って、いるっ、ってことが、もーんだい、なーん、じゃ、あ、あーりません、かっ。

ねちっこく語頭を引き伸ばすヒステリックな声が押し寄せる。目を吊り上げ、頬が真っ赤だ。いきなりのオトコの逆襲にひるんでいると、オトコは、あ、と言ってトーンを落とした。

——ワ、ワタシ、とした、ことが、つい、ランボーな、もの言い、を、して、しまい、ました。かん、ちがい、しないで、ください、ワタシは、アナタを、責めて、いる、のでは、ない、のです、どう、か、気を、わるく、しないで。アナタが、そとの、世界に、出る、ことができない、のは、なにも、アナタだけ、に、責任、がある、わけ、では、ない、の、ですから。

——せきにん？　この事態に対して、一体、わたしにどんな責任があるというのです。気を悪くするなとか言われてもですね、見も知らぬあなたからいきなりこんな言い方をされるのは、理不尽で意味不明で、このうえなく不愉快ですっ。

——……ま、おちつき、ましょう。

オトコはざらりと顔を撫で下ろした。脱力してわたしは腰を下ろす。見るとオトコは右手の人差し指で小刻みに石のテーブルを叩き下半身をゆすっている。落ち着きがないのはそちらの方だ。ひと呼吸置いて訊いてみる。

——アナタは、なにをそんなに焦っているの。

——……じかん、が、ない、のです。

時間がない？　道理に合わぬことを言う。未来はやって来ない、こうして生きているあいだは決してやって来ないトキ、それが未来だ、と言い募りながらオトコはこの先起こる何事かをとても気にしている。焦りの感情を剝き出しにするほどに。

思い当たることがあった。ファイルの記録に誘われるままに始めた、行き当たりばったりのこのタビのあいだ中、わたしを先へ先へと強迫的に責め立てていた感覚。そういえばタビの途上で声を掛けてきたモノたちからも、時間切れ、という理由で話を端折られたことを思い出した。タビで出逢ったヤカラやわたしを責め立て、目の前のオトコを焦らせているものは、なにか。

——あなたはどうして、時間がないことを気にしているの。

——…………。

少しつらそうな目でオトコはわたしを見つめる。

——未来はない、希望も別世界も、ない、とあなたは言ったでしょう、だったら、どうして壕の外から来たわたしを待ったり、やって来ないトキを気にしたりするのよ。

——…………。

自分の発した声だけが跳ね返ってくる。静止した目をわたしに向けたままオトコの指は、今度はゆっくりとテーブルを叩く。気持ちを抑えこむようなリズムで、コッ、コッ、コッ……。

——ねえ、答えてよ。

オトコはテーブルを叩く手の動きを止めない。コッコッコッコッ……。わたしのイライラが再燃する。思わず声を荒げた。

——あの、サぁ、あなたが言うように、未来も、先の希望も、なにもない、というのなら、あなたは、ここで、余計な想いを吐露したりムダな行動に出たりする必要なんか、ないんじゃあ、ないのっ。

オトコの手の動きが止まった。感情を高ぶらせたままわたしは続ける。

——そ、わたしなどに声を掛けたりせずに、この壕の中でじっと身を潜めて、慎ましく今のトキをただやり過ごせば済む、ことでしょーがっ。なにも言わずなにもせず、なぁんにも想わずにサ。そ、石にでもなってしまえばいいのよ、石に。このテーブルや椅子のようにサ、物言わず動かずのオブジェにでもなってしまえば、いいんじゃあ、ないのっ、こうして、このあたりにべったり張り付いて岩になるなり壁になるなり、骨になるなり、して、サ……。

口から出るにまかせて無体なことを言ってしまった。するとオトコはテーブルを叩く指の動きを止め、すっと背筋を伸ばした。異様な静かさでわたしを見下ろしている。口元には微かに歪んだあの笑いが。軽蔑か自嘲か。構わずにわたしは繰り返す。

——ねえ、なんとか言ってよ、あなたには答える義務があるのよ、あなたに出逢ったおかげで今わたしは絶望の淵に立たされているわけだから。だから、答えてよ、あなたが、やって来ないトキを気にしたり、ここでわたしを待ったりしたのは、なんのため？

——……………。

肝心なところにくるとだんまりを決め込む。卑怯な沈黙だ。わたしの追及を封じ込める「黙殺術」というわけか。さしずめ、申しわけ、ない、ですが、こんな、相手を追い込む、だけの、無神経で、イジワルで、想像力の、カケラも、ない、露骨なもの言い、には、いっさい答えない、ことに、して、いる、の、です、とでも言いたいのであろう。空気が重く澱み、わたしの気分は滅入るいっぽうだ。

立ち上がった。どん詰まりの岩壁を目の前にして立つ。

することもなく、両の掌を一杯に広げ岩壁に押し当ててみた。意外とあたたかい。岩肌が手の内に吸い付く。黒褐色に見えた岩壁はま近かで見ると灰色っぽい。硬質でなめらかな感触。所々できらめいているのは岩盤に混入した鉱物のようだ。壕を照らす明かりの元はこれだったか。この堅固な岩盤をシンカヌチャーはどんな方法で掘り進んだのだろう。昼夜兼行の作業だった、とヤカラの一人が語っていたのを思い出す。彼らの手首や腰肩は過重な作業のために痛んだり壊れたりはしなかったろうか。そんなことが気になった。大いなる未来の夢を抱き集結した、と思われる幾百人幾千人かのシンカヌチャーが、何年何十年かの年月を掛けて行なった過酷な労働と秘密の場所がＱムラだったというのなら、この壁の厚みは、日の目を見ることなくムザンにも断ち切られたシンカヌチャーの無念を閉じ込めた記憶の層なのだろう。

Ｑムラとは何だったか。Ｑムラの活動にシンカヌチャーが込めた「秘密のケイカク」は破綻し放置されたままなのか。手がかりの記録は揃いもそろって数行の導入部分ばかり。あとは、おまえの歩いたタビの記録で補え、と。

ゆるやかな風が壕を巡っている。わたしはいつまでも岩壁に手を押し付けたままだった。掌に吸い付く岩肌の感触が妙に心地いい。清涼感さえあってどこからか風に乗って子守唄が聴こえてきそうな心持ちになっていつまでもこうしていると、この岩天井の上にはヒトの住む地上があるということが信じられなくなる。

背後からオトコが近づいてきた。立ち止まり、揺れる影になって静かに立っている。いつまでもなにも言わない。わたしが振り向くのを待つふう。わたしは振り向かない。オトコに掛けるコトバが見つからないので。あれこれの疑問も消えた。なぜわたしはこんな岩壁を前にして立ちすくんでいるのか。そんな疑問さえ消え失せた。こうなった責任の一部はわたしにある、と仄めかしたオトコのコトバを呑み込む気になっている。いきさつはどうあれ、自らこの場所に入り込み出口のない壁を前にしているのは、ほかでもない、わたし自身だから。

——ほら。

とつぜん声が掛かる。

——聴こえるでしょ、アナタにも。

滑らかな高い声が降りかかるように響いた。たどたどしたトーンが消えている。

そろりと振り向く。見るとオトコは、曲がりぎみだった腰をすっと伸ばし、わたしより頭ひとつ半程高い背丈になってゆらゆらと揺れている。掛け直した眼鏡の奥の目が、小さく目笑い《ミーグァワレー》になっているのが分かる。もの寂しげな笑みだ。

——聴こえるでしょ、あの音が。

音？　なんの音が聴こえるというのだ。わたしは首を振る。わたしの耳には、音らしい物音はなにも届いてこないので。

——ほら、聴こえるでしょ。

オトコは繰り返す。耳を澄ましてみる。やはりなにも聴こえない。オトコが確かめるように深々とわたしを覗きこむ。岩天井をふり仰ぎ、遠くへ耳を澄ませてみる。すると、どこからか、たしかに聴こえてくる。そして、やって来る。ゆっくりと、わたしに向かって……。

――ほら、ね。

オトコがにこりと笑う。フトゥ、フトゥフトゥ、わたしの胸が高鳴る。

音は、ゴゴ、ゴッゴッ、と始まり、ギゴッ、ゴゴゴッギギギッ、ギボボボボ、ゴギゴボボボォー

……ボガあァ、ボガァァガガがあァー、ババババあーッ、ギババババババあアッ……。

音というよりそれは、金属製の猛獣の雄叫びに似て、硬質に盛り上がっては狂った悲鳴となって放出される凝結した恐怖の塊だった。大量の液体がシマを呑み込む音に聴こえなくもない。そんな音が轟き、荒れ狂い、押し寄せ、わたしを責め立てる。ドッ、ドッ、ドドッ、とこめかみを打ち心臓を凍らせる。これは……。

――あの音がなにか、想い出せないのですかっ、アナタは。

――……………。

――でも、想い出すのです。ほら、あれは、もうすぐにもやってきます。あの音の由来をアナタが想い出すまで、あれは止むことはないのですよ。アナタがアナタでいるために、アナタは想い出さなければならないのです。ほら、ほら……。

思わず拳を握った。

――そうやってただ突っ立っている場合では、ありませんよっ、アナタ。もう時間がないのですっ。とにかく、想い出すのです、あの音が、どんなデキゴトに由来するかを。

――…………。

――ほら、あの音をとても怖がっていたのは、アナタだったじゃないですか……ああ、コトのあまりのムゴさに、恐怖心からデキゴトそのものをなかったことにしてしまったのですね、アナタは。それは、よく分かります、ワタシもほんの少し前まで、そう、あの音が聴こえてくる寸前までは、アナタとのかかわりを全く認識できなかったくらいですからね。実はワタシも、アナタの記憶喪失をあれこれ言えない立場なのです、カコのキオクに対して、ワタシもアナタと同じ症状を呈していたわけですから。でも、まぁ、そういう種類の記憶の忘却は誰の身にも起こりうるもので、ワタシやアナタだけに特別なことではないのですよ。ですからね、アナタ、あのデキゴトを忘れてしまったことで自分だけを責めることはないのです。

じわじわと言い募りシリシリとオトコは迫ってくる。わたしは後じさる。オトコの顔がすぐ鼻の先まで近づく。息とともに微かに御香《ウコウ》の匂いがした。

――ただ、アナタが、今すぐにも、あのコトを想い出してくれなければ、ワタシとしてもとても困った事態になるのです。あのデキゴトは、アナタとワタシにとって、抜き差しならない体験だったからです。それにもし記憶が戻らなければ、アナタは、ここで、ワタシと一緒に尽きるほかはないのですよ、ですから、さぁ、想い出すのです、アナタ、ほら、聴こえるでしょ、ほら、ほら、あれはだんだんと大きくなって、もうすぐにも、やってきます、もう一時の猶予もないのです、だから、さぁ、想い出すのです……さぁ、さぁ……。

さぁ、さぁ、という声を払うように全身を震わせるわたしの両肩を、オトコの手がむんずとワシ摑みにした。

――大丈夫、だいじょうぶ、ですよ、アナタ。

燃えるような手だ。

――想い出す、だけ、で、いい、の、ですから、ね、そう、すれば、アナタは、理解、することが、できる、の、です、アナタが、アナタである、こと、を。ああ、そんな、に、怖がら、ない、で。ワタシも、アナタと、一緒、です、から。いい、え、もしも、の、とき、は、このワタシ、が、アナタを……ワタシには、そうする、だけの、アナタへの、深い、愛《ナサキ》、が、ある、のですよ、ですから、さぁ、アナタ……。

再び、たどたどとなったオトコの声が耳膜をゆらす。キーン、と耳が鳴る。あ、とわたしは声を上げる。この手、この声……。オトコを見上げた。瞳が潤んでいる。わたしの喉元から、わたしのものではないコトバが、飛び出す。

――……御方《ウンジュ》、うんじゅ、やいびたん、ナぁ……。

うっすらと寄せてくる漣《さざなみ》のようにオトコの目が笑う。そして応える。

――やんどー、ゆー、想い出《ウビジャ》したんやー。

わたしは曖昧に頷く。

轟音がすぐそこまでやってくる。壕の壁をぶち破ってわたしに迫ってくる。もう呑み込まれるしかない。この岩壁はテキからわたしを守ってはくれないのか。耳を覆い、目を閉じる。すると、混濁した音の塊が、ほつれ、分解されるのだった。ゴゴゴゴォォ……は地殻が割れる音。ギギギギーッガガガァァ……は地表を鋭利な硬いものが引っ掻いてゆく。そこへ高みから襲ってくる、バババババァァ、ドボボガガァァ……あれは、光と鉄の豪雨……。閉じた目の向こうで、音の連鎖が途切れ途切れのシーンを紡いでゆく……ガガガガァァバババァァ、に追い駆けられ、わたしは、ドドドおォゴボゴボボボおォ、へ向かって一目散に駆けて行ったのだった、オトコに手を引かれて。……こんもりとしたアダンの杜。灼熱の太陽。アダンの棘がわたしの体のあちこちを引っ掻く。傷を負い、針と死の恐怖に背中を刺され、ただ、逃げた。見上げると灼熱の太陽を遮る巨大な黒雲の影……あれは……きりきりとした恐怖と痛みは、アダンの棘の引っ掻き傷や躓き転んだ傷のせい、ではなく……目の前に、断崖絶壁。ドドドっ、ゴボボボっ、は荒れ狂う海の叫び。いや、海面は不気味に静かだ。音などまるでなかったはず。それに、海はわたしを吸い込むように青く、透明で、深いあの風景がなぜこんな轟音に変換されてしまうのか。音のない深い色に誘われ、引き込まれ、落ちる寸前、どこからか差し出された手がわたしを。

音に導かれて浮かんだこま切れのシーンはわたしに受け継がれた記憶の蘇り。巨大な黒い影に追われ、あの断崖絶壁から轟音の渦中へ落ちるわたしを熱い手が身を挺して庇ったのは、このわたしではなかった。けれど、あれは、わたし。背後からやってくる、ドドォゴボゴボボボおォォ――。

目の前にオトコの憂い顔。

——トキが、尽き、ました。さあ、アナタは、もどら、なければ。もう、すぐにも、ここは、テキ、の手に、落ちて、しまうのです。

オトコが屈みこみわたしに背中を向ける。

——さぁ、ワタシの、この背中を、とおって、アナタは、ここを、出る、のです。

骨ばったオトコの背中にわたしは負ぶさる。途端、胸が焼けるように熱くなる。ああ、この身が溶ける、と思った次のしゅんかん後頭部を殴打する爆発音————。

視界の真ん中に、蕾を付けたユリの花が一本。ジーパンの裾に針の棘を絡みつかせるクッツキボウがぼうぼうと立ち上がる叢の中。轟きの余韻がひと群のニチニチ草を震わせている、と感じたが、爆発音の出処は方向さえ分からない。

崖上での再会

夕日に染まった空の下、濃緑のユウナとアダンの群れがとびとびに目に入る砂埃の道を、ひとりとぼとぼ歩いている。先の見えない行き当たりばったりのこのタビも、そろそろ終わらなければならない時期にきているという気がしていた。タビのあいだ中ずっととぐろを巻いていた出所不明の感情の渦が、少しずつ弛んでいき、海辺への道に足を踏み入れたあたりから、一歩ごとに寄せては返す漣の揺れとなって、そろっ、そろろろっ、とわたしをゆすりだす。少し強くなった潮風に前髪を巻き上げられ、顔を起こすと、

其処に、アナタは、しんなりした風情でさりげなく腰掛けていたのだった。

海を見下ろす岩場の突先だ。

思わずわたしは、大きく目を見開いてアナタを見つめたのだったが、このような湿気た潮風の

吹きあがる海辺の崖上でアナタと再会するだろうことは、予め、タビの終わりの場面としてなんとなく抱いていたイメージなので、咄嗟にびっくり顔を作ってみせた自分がちょっと芝居めいて気恥ずかしく、そっと俯いた。ふっふふふふっふふふふ。泡立つ漣のたてるくすぐったい声がして、見上げると、

西方の水平線上に、いやに大きな太陽《ティダ》がぽっこりまるい面をゆらしていた。

まるでアナタは、海辺に捨て置かれた考えるヒトだった。上半身を前のめりに深くかがめ、片膝に置いた左手首で顎を支え斜め下方へ視線を落とす、という気取った格好で小岩に座り込んでいたから。

茜色の輪にすっぽり包まれた考えるヒトは、おもむろに上半身を起こし、すっくと立ち上がった。長く伸びる影になって、ぶらり腕を垂らし、横ゆれする足運びで、やってくる。ぴしゃ、ぴしゃぴしゃぴしゃぴしゃ。水をはねる音だ。アナタの下半身から水が滴っているのが遠目にも分かった。背中でさんざめく光を避けるように、ダークグリーンのてかてか光るビニール様のもので全身を覆ったアナタの姿態は、水揚げされたばかりの巨大回遊魚を思わせ、一歩ごと、ひと揺れごとに、生きものの匂いを強く放出してくるのだった。海生動物に変身しかけたヒト、とも、ヒト化する海の生きもの、とも見えるアナタが、ぴしゃぴしゃぴしゃぴしゃ……。わたしは大きく見開いたままの目をパチパチ瞬くだけだった。

――まぁた、逢えましたねぇ、あーなた。

ヴィブラートの効いた声が風に乗って届いた。大柄な体型には不似合いな、高く透き通る声だ。わたしとの距離はまだかなりある。

――なぁんと、まぁ、ありがたいこと、あなたは、ちゃあんと覚えていてくれた、というわけですねぇ、あのとき、ワタシと交わした、ヤークソクを。

真夏の海に燦々と降りそそぐ防ぎようのない光の雨を一挙に浴びせられた。いよいよわたしは目の瞬きを止められなくなる。タビと称して当てもなく歩きつづけ、時折、あらぬ場所に迷い込み、とうとつに出逢った不思議なヒトビトとの困難な交渉に戸惑いながらも、こうして弛むことなくタビを続けていれば、そのうち夕暮れどきの海辺の崖上あたりでアナタという人物に出逢えるはずという予兆めいたものがあるにはあったが、具体的に逢うヤクソクをした覚えなど、なかったから。なにしろ、アナタを此処で逢うべきヒトだと認識している自身の記憶そのものが、なんとも所在ないのだった。目の瞬きばかりが一層はげしくなる。

すると、

――ああ、あーなた、ダメです、ダぁメダメダメ。

とつぜんのダメ出しが掛かった。

――いくらまぶしいからといって、目《ミー》パチパチしていてはダぁメ、なんです。そんなパチパチ落ち着かない目では、風景が彼方此方《アマクマ》に弾けトンでちりぢりばぁらばらになって像をむすばなくなるじゃ、ありませんか、あーなた。

わたしは目尻を突っぱらせ、精いっぱい瞼を開いた。が、堪《こら》えが効かない。すぐにパチパチパチ目になる。

——だぁからっ、ダぁメだって、そのミーパチパチは。あー、またまたぁ、あーなた、ダぁメっ、ダメダメダメっ、だって。

ダメ出しの連発だ。風に煽られ飛沫をあげる、ダぁメダメダメ、が押し寄せる波となってわたしとの距離を縮めてくる。早歩きになった。歩くテンポに乗って声も途切れがなくなる。

——ほーんとに、まぁ、分からないヒトですねぇ、あーなたは。そーんな、パチパチミーで、やたらめったら風景をはじきトバしていたら、今こうしてワタシとあなたをどーにかこーにかつないでいる儚くあやういばかりの青い糸が、ぷつん、千切れてしまって、せーっかく、奇跡的に出逢えたカンケイをムザンに途切れさせてしまうだけじゃ、ありませんか。そーなったら、あーなた、ワタシは、孤独の闇のソコにふたたび沈んでゆくことになるのですよ。ワタシの本意でなくても、ワタシは此処から消えてしまうのです、あなたのせいで。いーえいえ、これは、ワタシだけのもんだいじゃありません、ワタシが闇のソコに消えてしまったなら、あなただって、このままじゃすまないことは明々白々。あなたも、あなた自身を見失ってしまうだけじゃ、ありませんか。そんなことが、どーして分からないのですかぁ、あーなたは。

声はだんだんに増幅された。威圧感のある、いやに明瞭な響きとなってとめどなく押し寄せてくる。わたしはその声を浴び続けるほかはない。

——でもまぁ、あなたが、ミーパチパチとまぶしがるのはムリもない話です。あなたは、たった今、あの真っ暗闇のＱムラの地下壕から、這い出てきたばかりなのですからねぇ。Ｑムラに比べ、此処は、あまりに明るすぎるようですから。でも、それも今しばらくのことです。アネっ、ごらんなさい。もうすぐにも、あの大きなティダは海のソコに沈んでしまいます。アイエーナー、こうして見ているまにも、ごぼごぼごぼごぼ、沈んでゆくじゃあ、ありませんか。アッキ、ヨーイ、地上もこれから暗いくらーい闇の世界《シケ》に入ってゆくばかり、というわけです。ああ、だからといってあなた、コトをそれほど悲観することは、ぜーんぜん、ありませんからね。心配《シワ》シミ、ソーランケー、ケンチャナ、ケンチャナ、やんどー。余計な肝痛《チムヤミ》めしたり、恐怖《ウトゥルサ》がったりすることも、ぜーんぜん、ネーらん、ネーらん、どー。やんど、やんどー、今《ナマ》、此処《クマ》に居《ウトーティ》て、闇のシケを迎えいれることは、シワどころか、むしろ、プカラッサー、キップタ、やんヨ。

感情の起伏が露骨になった。やたらめったら感嘆詞をふり撒き、どこからか降って湧いた国籍不明のごてごてタンゴを、彼方此方《アマクマ》に、タックァイ、モックァイ、跳ねるリズムで踊るように発する。アネっ、アッキ、ヨーイ、と同時に、ぴしゃっ、ぴしゃ、ぴしゃっ、と水滴が弾けトンだ。

——そう、そうなのですよ、あなた。闇の中にいてこそ視えてくるデキゴトが、それはそれは、マニマニ、イッペーイッペー、ありますからねぇ。なにより、闇の時間にとっぷり身を任せていれば、この荒れはてたシケに晒されてすっかりスサンでしまった涸れがれのチムグクルも、チョっピングァ、晴れてくれますからねぇ。ですからね、あなた、闇に親しむのは、ヒトの心にとって思いのほか、イッペー、デージ、テーシチなこと、でもあるのですよ。

説教めいた言いぶりになった。

背後の光と風に押しだされるように、大股歩きで、ぴしゃっ、ぴしゃぴしゃぴしゃ、滴る水を撥ねトバし、アナタはやってくる。

すでに目の前だ。

フードを外して現われた表情は、からりとして一点の翳りもない。快晴の空のような、つかみどころのない、のぺりとした顔立ちと見合うことになった。焦点がしぼれず、思わずわたしはぎゅっと目を閉じた。すると、またも、ふふふふふふふっ…………。今度はかなり長く続く。ふ……途切れる。目を開けると、
周りは、たっぷりと水気を吸った墨の刷毛の掛かった、うす闇の世界だった。

ひと瞬きのうちにさんざめく夕日は海底深く落下してしまったもよう。ぼんやり薄闇に包まれていると、アナタが言うように、戸惑い、毛羽立っていた心が少しずつ落ち着いてくる。闇の膜が少しずつはがれだし、視界が安定する。軽く開いたアナタの太股の間にすっぽり嵌った、小さなワラビングァの顔があるのに気付いた。くいっと首をかしげ、股にしがみつくようにしてこちらを見ている。目が合うとすばやく頬に両手を当て、ふふっ、ふふふっ、と唇をすぼませた。あのくすぐったい漣の声はこのワラビングァの発したもののよう。へんに大人びた表情だが、背格好から推測するに、せいぜい四歳か五歳。

――アナタのお子さんですか。

すると、

――ヌー、やん？

眉間に皺を寄せ、

――ヌー、やてィん？　あーンたっ。

いきなりな、ドスの効いただみ声。あなた、が、あンた、になった。

――あ、わたしとしたことが、余計な、詮索を……。

――あーンたっ、とんちんかんなことを言っちゃあ、いけない。よけいな、とか、せんさく、とか、そーゆーもんだいじゃあ、ないだろーがっ。分かってるのかね、あンた、これは、あくまでセキニンのもんだいなんだよ、セキニンの。大人としての責任、というやつだよ。

とんでもない言い掛りをふっかけてくる。大口を開けて声を上げる顔は、喉に釣り針が刺さったままバタつく、アバサーの形相。身をすくませ、しかしわたしは、すぐにもアナタの言い掛りを受け入れる気持ちに流されてゆくのだ。タビの折々でとつぜん降りかかる、身に覚えのないデキゴトのあれこれを受け入れることにわたしの感覚はすっかり慣れてしまった。もののはずみでうっかり受け取った、送り主不明、空白だらけの記録ファイルを埋めるため出掛けることになったタビであったが、ここまでやってきたからには、この受容の感覚にわたしは身を任せるだけだ。声高に放たれるアナタの言い掛りは、ちょっと息切れぎみに続く。止める間合いが見つからないというようだった。

――……だからね、あんた、ヒトというのは……どんな状況にあっても、目の前にいるいたいけな子どもの未来に対して、きちんとした責任を、持たなければならない。それが、ヒトとしての道義、というものじゃ、ないのかね……見てごらん、あんた、このアワリなワラビングァを。アネっ、ドゥシやオヤを見失って悲しみと不安のあまりトゥルバッているじゃ、ないか。このアワリなワラビングァが、あんたの愛《ナサキ》を、焦がれるように求めているのが、分からない、というわけじゃあ、まさかあるまいね……。

息切れぎみのコトバに割りこむようにして、そのとき、ワラビングァが小さな体をひょいと押し出してきた。切りそろわない前髪をゆらし、白い半袖開襟シャツに、紺のだぶだぶショートパンツ、というどこか名門学校の制服のような姿《スガイ》だが、よく見ると、女の子《イナグングァ》だ。昭和初期あたりのモノクロの家族写真からひとりだけ抜け出てきた、という素朴な顔立ち。愛くるしさを感じさせはするが、アワリ、という感じはない。なにか悟ったような緑色の瞳が妙にしずかだった。とくに愛に飢えているふうには見えない。

――わたしが、このムスメさんに対して、どういう責任が……。

言いかけると、

――ヌー、やん？

アナタはぎょろめになる。

――この期に及んでまだシラを切るつもりかね、あんた。それは通らない話だよ。いたいけでアワリなこのワラビングァを、あの、ムゴイ惨禍の真っ只中で、無責任にも手放したことを、忘れた、とでも言いたいのかね？　ね、あんた。

あらぬことをアナタは言い始める。

だが、そう言われてしまうと、果たしてわたしの胸はきしきしと痛みだすのだった。この、いたいけでアワリなイナグワラビングァを、あのムゴイ惨禍の中でわたしは無責任に手放したのだ、という罪悪感に捉われはじめた。だんだんに胸のきしみがひどくなる。わたしの心を見透かしたふうにイナグワラビングァの目がちょっと動いて、くねっとわたしの腰にまつわってきた。澄んだ緑の瞳に捉えられた。耳を覆ったさらさら髪が風にゆれ、かるく撫でてやると、イナグワラビングァはいよいよ身をくねらせて絡み付いてくる。ふにゃふにゃっと柔らかくぬるい体温に包まれた。思わず溜息が漏れる。

海風がつめたい。季節はそろそろ冬を迎えるころか。

ああ、そういえば、初めてアナタと出逢ったのも、こんな、少しつめたくなった風が吹き始めた夕刻だった。俄かにわたしはそのことを想い出す。あのときの、海からの涼風が髪をゆらし頬にあたった感覚は、よく憶えている。痩せた大きな背中に暗い悲しみを湛え、アナタはひとり、この崖上から真っ青な海を見下ろしていた。遥かな場所へ去ってしまった愛おしいものたちの面影を、目の下に広がる海の青から呼び出すため声にならない祈りを唱えている、という深い目をしたアナタを、あのときわたしは目撃したのだった。そうだった。あのときも、そのうなだれたアナタの背中に引かれるようになってわたしは海辺の道へと足を向けたのだった。そんな記憶が浮上する。けれど、それはいつのことだったか。四、五年前のことだった気もするが、六、七十年前だった気も。もしか、数時間、いや、ほんの数分前……。

いやいや、とわたしは首を振る。アナタとの出逢いがいつだったにせよ、わたしはもう、デキゴトの起こったトキの詮索などするのは、よそう。何モノかに急かされてやってきたタビ先での奇跡のようなヒトビトとの出逢いは、今や、生まれる以前のデキゴトのようにも、これからやってくる世界でのデキゴトのようにも感じられるので。そんな感覚に支配され、行く当ても帰る当てもないままにわたしはこのタビを続けなければならないことだけはよく分かっていたから。

腰にまつわるワラビングァの体温を持て余していると、熱い視線が頬に当たった。ぎょろめがわたしを見下ろしている。つかみどころのない顔の中で目玉ばかりが光っていた。乱暴なコトバを吐くわりには潤いのある深い目だ。確かに覚えがあると感じる。覚えが、というより、この目にわたしはタビのあいだ中ずっと見られていたという気がするのだ。この大きな深い目がわたしを記録のタビに誘い、行く先々でわたしを見守り時々の危機から救い、わたしをこうして生かしている、と。それにしても、アナタの言う、あのムゴイ惨禍とは、何か。いや、なにより今の問題は、目の前にいるこのイナグワラビングァの存在だった。

腰をかがめ、相手と同じ目の位置になった。

――お名前は？

きょとんとしてイナグワラビはわたしを見返す。

――年は、いくつ？

きょとんとしたまま。声を発しない。その間がいやに長い。かたくなな感じは口を利くつもりはないというようなのだ。表情が読めなくなった。もしか、このワラビングァは、話す気がないのではなく、ヒトの声を聞きとる身体器官に問題がある、ということかもしれない。としても、なんらかの交信の方法はあるはず。が、策は浮かばない。ただ見合うだけのワラビングァとわたしを、アナタはうっすら笑みを浮かべて見下ろしているだけ、と感じていると、
突如、アナタは背を向けた。ダークグリーンの覆いがひゅっと風を切って、ぴしゃぴしゃぴしゃ……ずんずんずんずん……海の側へ。

すいと、崖下に沈む。あ、と追いかけようとするわたしの手首をワラビングァが引っ張るので、振り返り、

――ほら、あのヒト、行ってしまうよ。

ワラビングァのわたしを引っぱる手が強くなった。くいっくいっとどんどん強くなる。

――あ、なにするの？　貴方は、一緒に行かないの？　ほら、あのヒト、見えなくなったじゃない。

イナグワラビは、海側とは反対の方へ、こっちこっち、というようにわたしをひっぱってゆく。

思いのほか強力だ。わたしは抵抗できない。くいくいくいっとひっぱられ、アイや、アイや、のうちに茅のはびこるくねくね道を抜けると、

そこに、集落への視界を遮って深い茂みを作るアダンの杜が。

イナグワラビングァの手に引かれ、杜の中へ。

入り込んでみると、杜、と見えた其処は、アダンの枝葉を分厚く重ねた屋根や壁で外部を遮断した、かなり奥行きのある小屋だった。

入り口に、首をへし折られたシーサーの胴体を思わせる石灰岩の塊が、五、六個、ごろごろ転がり、足元には、アダンの枯れ葉絨毯がびっしり敷きつめられている。ちょっとしたムラの集会所、あるいは災害時の避難所といったてい。大人が二十数人、大の字になって寝ころぶことのできそうな、けっこうな広さだ。

どこかで見たような……。

シマ共同体のどこそこには未だに残されているという、古きゆかしき祭祀の場か。そこでは、なにやらの「オトゥシ」やら「ニンガイ」やら「ユー乞い」の秘儀が、神人《カミンチュ》たちの手によってひっそり取り行なわれることがあるというが、此処は、そのような神聖なる斎場のようにも見える。だが、外部からの視線を厳格に遮るふうなのは、あの、Qムラから地上へと出奔したと語られるシンカヌチャーの隠れ家、という気もするのだ。そう、やはり、此処は、テキから身を守るため

に掘られたＱムラの地下壕が地上に浮上した場所、とでもいうような……。

しかし、テキはどこからやって来るのか。空からか海からか。身を守るための隠れ家というには、此処は、空からも海からも目に付きやすい場所で、どう見ても、まっ先にテキに攻撃されてしまいそうにも思えるのだが。ああ、あるいはこれも、シンカヌチャーの苦肉の策、灯台下暗し、というわけでテキを欺く作戦のひとつ、と考えるべきか？　そんなこんなを思案していると、
イナグワラビングァが首をねじって一点を見つめているのに気付いた。どこか鋭くなった目線の先を追っていくと、小屋の片隅に、でこぼこの板状根幹が二股に大きく張った、古いガジマル樹の根元があった。そこに、アダンの枯れ葉で覆いをした、盛り上がりが。ちょうど大型の乗用車くらいの規模の。門構えを取り払った亀甲墓のようにも見える、枯れ葉の小山だった。

アダンの枯れ葉絨毯をがしがし踏みしだいて、近づいた。一瞬ためらいが起きるが、かぶりをふり、厚く覆われた枯れ葉を払うと、どさと零れ落ち、現われたのは、ぶよぶよにふやけた腐りかけの木箱ようのもの。横並び二段に積まれた中型段ボールくらいの木箱が、数えてみると、なつ、ある。わたしの動きを黙って見守っているふうに、背後で佇むワラビングァをそっとうかがう。とくにダメ出しをするようすはない。

開けてみることにした。

もしや、この箱の中には、このタビで、わたしが無意識のうちにも捜し求めていたものの全てが保管されているのではないかと思ったのだ。つまりこの箱には、これまでだれにも語られず書

かれず、だから、だれにも知られることのなかった、無い歴史、見えない過去、消滅した未来を語る、声なき声の数々を、超絶技巧を駆使して書き止めた、記録のさまざまがこっそり保管されているのではないか、と。まさに、これこそが、タビの終わりにわたしが手に入れなければならないモノたちである。それが今、目の前にある。そう思い、高鳴る胸を抑え、いまにも潰れてしまいそうなぶよぶよに膨らんだ木箱の蓋に、手を掛けた。閂や鍵のようなものはなく、あっけなく、すいと開く。

おそるおそる覗くと、入っていたのは、

石ころ。

ただの、ころころ石の層だ。ビー玉大からこぶし大までの、丸、三角、菱形、四角、そのどれともいえぬ角の取れたころころの白い小石が、箱いっぱいに詰めこまれている。海辺に転がっている小石を拾い集めたというような、サンゴか、岩場の尖りを細かく砕いて丁寧に磨いたというような、不揃いの破片が木箱の中で、ころころころろろ、ごろごろごろろろ……肩を寄せ合いひしめいているのだった。脱力した。首を垂れて、ただの石ころを見つめた。しらじらとした光が箱の壁に反射し、内部をぼあぼあと膨張させている。石にしてはへんに白すぎる。じっと見つめていると、ただの石ころと思われたそれらには、なにやらなまめかしい生気が籠もっている、と感じた途端、寒気をおぼえた。はっとして顔を上げた。

何モノだ、こいつら。

イナグワラビングァを振り返った。

——もしかして、貴方も、この石ころになったモノたちとわたしを、引き合わせるために登場した、案内人、ってこと？

相変わらず瞬きさえしない。メッセージひとつ伝える気はなさそうなのだ。こやつ、見かけによらず薄情なワラビングァだ。見捨てられたことへの報復、というわけでもあるまいに。このままではお互いが孤立するばかりではないか。このイナグワラビングァの面立ちには、なんとなくわたしを切なく愛おしい気持ちにさせるものがあるというのに。

ここでわたしは、終わりに近づくタビを総括するため、これまで素通りしてきた疑問のあれこれを整理してみることにする。

第一に、いみじくもアナタが言った、このイナグワラビに対して取らなければならないわたしの責任とは、何なのか。そして、あのムゴイ惨禍とは……。

なにより、なんの予告もなく、小雨の降る朝、何冊もの空白だらけの記録ファイルを坊主頭の訪問者に届けさせ、外歩きの不慣れなわたしを、こうしてあらぬタビへ誘った張本人とのカンケイは……。

その張本人とは、ついさき出逢ったと思うや、さっさと海のカナタへ消えてしまったアナタだった、と考えるべきか。もしや、このイナグワラビか、それとも……。アナタとワラビのカンケイは深いのか、行きずりか。このイナグワラビの澄んだ緑の瞳がアナタのものに似ているということはあるか。似ていると言えば似てなくもないような、似ていないと言うならそのような。アナタに、というより、ひょっとしてこのわたしに似ている、ということもあるのだろうか。わたしの鼻とか目元口元、指や耳たぶの形とか、また、歩き方とか声色とか、ちょっとした仕草とかが……。

ひとりのヒトが、もうひとりのヒトと似る、とはどういうことだろう。似ると異なるは、どうちがうのか。

いやいや、とわたしは頭を抱える。わたしとイナグワラビングァを比べようにも、わたしは、わたし自身が分からなくなっていた。わたしはもう、自分の姿形を想い出し、イメージすることができない。タビに出てからは、鏡を覗いたりガラスや水面で自分の顔を映したりする機会などなかったし、次々と襲いかかる不可解な状況に呑み込まれ、自省する間などなかったから。それに、鏡など見ず敢えて自分をふりかえったりせずとも確認できるほどに自己イメージが明白であったなら、うっかりこんなタビに出てしまうこともなかったろうし。

こうしてあれやこれやと疑問を並べたててみたところで、整理どころか、疑問は疑問のまま、カンケイの糸はかえってこんぐらかり、マチブってしまうばかり。

まったく、アナタときたら、わたしにこのイナグワラビングァを引き合わせるだけが役目だったとばかりに、謎のコトバを投げつけておいて、海のカナタだかソコだかへ、あっさり、さっさっさ、消えてしまうものだから、この状況を把握する手立てがまるでなくなってしまったではないか。つまり、わたしは、口を利いてもくれない無表情一点張りのイナグワラビングァ、貴方、に向かって一方的に話しかけるほかに手はない、ということのようなのだ。

——ああ、貴方、ということは、こういうことなのね、貴方は、そこらで遊びまわっているフツーのイナグワラビングァなんかじゃあ、ない、ということよね。でも、わたしは、貴方と似たような案内人に、此処に来るまで何人も逢ったのよね。ほら、坊主頭のヤカラだったり、野球帽のワラビだったり、足の不自由なミヤラビだったり……。

動かない瞳に対抗するため、わたしはできるかぎり大きな声を出した。

——だから、ね、わたしは、貴方をトクベツな案内人だって考えるわけにはいかないんだけど、いみじくもあのヒトが言った、わたしが、あの惨禍の真っ只中で、いたいけな貴方を手放した、ということとへの責任の取り方と、この小石になったモノたちとは、なにかトクベツなカンケイがある、と言いたいのよね、貴方は。

——…………。

——ああ、ということはね、つまり、コトのなりゆきがどうあれ、まずわたしは、そこのところをきちんと了解することから、この終わりの場面を始めなければならない、そういうことを言いたいのよねぇ、貴方は。でも、それはどういうことなのよ、いったい、この箱の中の石ころは……。

と、ワラビングァが、いきなりバンザイをするように両手を振り上げた。がつっと箱のひとつをつかみ取り、ひっくり返した。どがっ、ががががっ、ごろろろっ。いっきょに小石がこぼれ出る。イナグワラビとは思えぬバカ力だ。勢いで、ふやけた箱板はぐちゃぐちゃに潰れ、ころころ小石のヤマに埋もれてしまった。残った木箱も、イナグワラビングァの手のひとふりで、次々に、どがががっごろろろろろっ……。箱をみっつ残したところで、バンザイする手を止めた。ころころごろろろ凸凹の、ただの小石の集積が、思いがけなく小ヤマを作って場を占拠し、アダン小屋の内部に白い石の野原が広がった。Qムラの地下壕で埋もれていたあの骨たちが、地上に晒され、雨風に打たれ、こなごなに砕かれるとこんなふうになる、というような白い石のひろがり。

骨と石ころは何が違うか。

見た目の形状と色の具合は、少し似ていると言えなくもない。だが、物質の内実としてはずいぶんと異なるものがあるはずだった。もともとは生きものであった骨に宿るモノと、鉱物としての石に取り付くモノとの違いは、あるのかないのか。そんな埒もないことをぼんやり考えていると、背の方で、もぞもぞ、ぞわぞわぞわ、と気配が。

ひやりとし、振り向いた途端、わたしの目尻はいきなり熱くなる。

其処に、ずらり立ち並んでいたのは――。

まぎれもない、あのヤカラたちだ。タビの彼方此方《アマクマ》で、わたしが奇跡のように出逢うことになった、あのモノかのモノたち。先頭にいるのは、タビの初めに、阿爾《アジ》ジマの見える海端でわたしを「ジラバブドゥリ」に誘った、ムラ長ふう色黒のシマイケメン。壮健な顔つきだが、相変わらず年配だが若いのだかよく分からない。その後ろには、やせっぽち、チビ、太っちょ、のっぽ、とばらばら体型のイナグイキガの面々。シマイケメンを取り囲むようにして並んだそれぞれに愛嬌たっぷりの顔が、ハイハイハイっ、ぽしゃーん、ぽしゃーん、と水を掛け合っていたブドゥリのゆらめきや、ぐるぐるぐるるる超スピード回転の海上スピンで潮水を撥ねあっていたミヤラビたちの、その身に世界を引き込むような動きを思い出させ、思わずわたしは顔をほころばせた。

声を掛けようとすると、いきなり遮るモノが。

ジラバブドゥリの面々の朗らかさを一蹴する、どんより暗い顔の少女《ミヤラビ》たちの隊列だ。「海ゆかば」を歌いつつ、断崖絶壁から深い海のソコへまっしぐら、みずから飛び込んで逝ったうら若いミヤラビたちだった。隊列の先頭には、時代遅れの黒のスーツを着た、ちょいと粋がったイキガの号令に反応した「キョーツケ」姿。シマイケメンと対抗するような構えでせり出してき、わたしをはさんだ両脇によこ並びに立ちふさがる。わたしを「チルー」と名指し「イタミ分け」の儀式に引き入れたヒトたちだ。真夜、という名前なのにチルーと呼ばれ、足に傷害を負ったミヤラビの姿もある。暗い表情は皆あのときと同じ。よほどムゴイ目に遭ったのだろう、周りにいる全ての者をテキとみなす、過剰な警戒心と不信感があらわだった。

そこへ、飛《ト》ンじ《ウ》出ジ《ン》たる、ヤカラは、サンシンと太鼓をでっぷりした腹にそれぞれに抱いた、ワタブーとチビ。今に、テテテテドドドド、となにやらのパフォーマンスをやらかすか、と思いきや、膨らんだ腹を突き出したまま、二人ともしんみり顔で突っ立っているだけ。黄色の中折れ帽子と、着付けの弛んだ真っ赤なだぶだぶの衣装がゆらゆら風に舞っている。ハイよー、ハイハイハイっ、と威勢よく「命《ヌチ》のウユエー」を始めるには、今ひとつ肝心なものが足りない、というふう。それぞれの様相でアダンの枯れ葉を踏みしだいて佇む、あのヤカラもこのヤカラも、一様にわたしの方へ目を向けている。わたしはほとばしる熱い思いに任せて、駆け寄った。

——ああ、みなさん、みなさん、お揃いで……。

胸がつまる。一度別れたヒトビトと思いがけなく再会する、ということがこれほど感動的なデキゴトだったとは。いっぱいになった胸に両手を当て、拝むような気持ちで涙を堪えた。このような夢かうつつかのヒトビトとの再会の場面で、しめっぽく涙するのは縁起が良くないと、なにかの折、遠縁のオバァから言い聞かされたことがあるのを、とっさにわたしは思い出したから。しょっぱい涙に触れた喜びは一転、取り返しのつかない深い哀しみと化してしまう、とか。

その遠縁のオバァにはこんな体験があった、そうな。

オバァは、ちょうど七十年前、戦死したと思っていた夫《ブトゥ》が思いがけず生きて帰ってきたとき、嬉しさのあまりブトゥにすがって大声で泣いた。ところが、そのあとブトゥは、帰還して一ヶ月も経たないうちに戦地でもらってきたマラリアが、アッタに悪化し、あっけなく死んだ。イクサも終わったのにブトゥが命を奪われてしまったのは、イクサ場から命からがら帰ってきたブトゥとの再会の場面で、人目構わず大声で泣いてしまった自分のせいだ、とオバァは思った。それ以来、オバァは、どんな辛《シカラサル》い目に遭っても、どんなフクラシャなことがあっても、一滴の涙をながすことなく、シングルマザーとして夜も昼も働きつづけ、頑強《ガンジュウ》オバァ、元気印のオバァとしての評判のうちに、二人の息子と、戦時中に生まれた娘一人、それと、戦災孤児としてうろついていたワラビ二人を引き取って育てあげ、リッパに自立させたあと、十一人目の孫が小学校に入学するのを見届けたうえで、ついこないだ、大勢の子や孫たちに看取られ、七十年前に逝ったブトゥの元へ安らかにタビ立ったばかり。そのあいだ、オバァが人前で涙を見せたのをだれ一人として目撃したものはなかった、とか。

オバァの話を思い出した今、わたしは感動のためとはいえ、奇跡的な再会を果たしたこのヤカラたちの前で、涙は一滴もこぼさないことにする。ドント、クライ、だ。

目尻にいっぱい溜まったものをパチパチと弾いた。胸の鼓動を抑え、ゆっくりと顔を起こし、そこに立ち並ぶヤカラたちを見渡した。

ところが、わたしの高揚感をよそに、ヤカラたちは皆固まったように静かだ。わたしを見る目が誰も彼も冷たい。どうしたというのだろう。あのときの、海端や、ガジマル樹の下、海岸絶壁手前の広場でわたしに見せてくれた、吹き上がる音やコトバや動きが何者かによって封じ込められている、そんな硬直感があった。

そこへ、立ち並ぶヒトビトの群れをぬって体を押し出してきたモノが。

痩せたインテリふうのイキガだ。ああ、このヤカラも年齢の想像がつかないやつだった。すべすべの青白い顔は青年《ニーセー》グァのもののようだが、天然ふうな軽くウエーブの掛かったロングヘアにはかなりの割合で白髪がまじっている。そうだった、こやつはＱムラの地下壕でわたしを待っていた、吃音のオトコだ。地下にも地上にも未来はない、と言った、御香匂い《ウコウカジャ》をさせたヤカラ。あ、と想い出す。わたしはこのヤカラの背中を通って地上に出てきたことを。それは、ほんの少し前のことだったのに、Ｑムラで出くわしたヤカラたちとの交渉の全てが、もう遠い日のデキゴトに思え、オトコに負ぶさったときの、焼けつく背中で溶け出したあの感覚をコトバにすることも、困難だった。それにわたしは、このヤカラを、うんじゅ、と呼び掛けたのだった。思いがけなく、御方《ウンジュ》、と呼びかけた、とつぜんのウムイの激しさが胸を締め付ける。わたしの呼びかけに頷き、やんどー、ゆー、想い《ウビジャ》出したんやー、とこのヤカラも応答してくれたのだった。

　ついさき海に消えたアナタとこのヤカラはどこか似ている、と感じていると、その傍らからにゅっと顔を突き出してきたのは、仲村渠《なかんだかり》末吉と名乗る、斜めに野球帽を被ったワラビ。ワラビとはいってもこやつはどこかぬけめのない、神童を自認するうぬぼれ野郎だった。一度見たもの聞いたことはまんべんなく記憶にとどめることができると豪語し、その天才的才能を発揮すれば何ヶ国語とかぎらず、消滅に瀕した幾つもの古代語にも通じているといったホラ吹きのクセモノ。ではあったが、Ｑムラのシンカヌチャーが命を賭して遺した「秘密のケイカク」のファイルをここに手渡してくれた手柄は、大いに感謝、ニファイユー、コマオー、だ。

　その「ケイカク」の記録を解読し、実践に導いてくれたのは、中背の痩せたニーセーだった。堅固な壁に守られた敵陣にも侵入を可能にする奇策、「マヤー」や「モーモー」や「アタビチ」に変身する「カメレオンの術」を、「特別なクンレン」と称してわたしに授けてくれたニーセー。野球帽の背後から細い首を覗かせている。こやつのスパルタ洗脳トレーニングの成果は、今も見事にわたしの身体に染みついているはずだった。このニーセーにも心から、タンディガー、タンディ、と感謝のコトバを捧げなければならない。お陰でわたしは、記録ファイルのページをいくらか埋めることができたのだから。そういえば、こやつにも仄かなシマ御香《ウコウ》カジャがしていた。ウコウカジャは、斎場に漂うシマビトの深いウムイの名残だった。

背後に立ち並ぶヤカラたちの放つ微かな息遣いを感じながら、わたしは、ずっと両手に抱えたままの紙袋を、石の小ヤマの手前に置いた。

「Z」から「O」までの記録のファイルを取り出した。

一冊ずつ手に取り、捲ってみる。

空白の何割かを埋めることができた。所々、歪んだり薄くなったり、震えがあったりのなぐり書きボールペン文字が、わたしが付け加えた部分だった。道端や叢、木の下や岩場の陰にしゃがみこみ、見知らぬ人家の軒下に入り込んでは、かりかりとペンを走らせたのだった。わたしを呼んでくれたヤカラたちの親密な声、仕草、彼らが佇んだ場の描写を、できる限り丹念に記録するよう心がけた。コトバを探しあぐね、溜息をつき頭を抱え、悲しくなったり苦しくなったり泣き出したくなったり、ときには思い出し笑いをしては肩を震わせたり……。そうやってわたしは、タビの途中で聴いたコト視たモノへのウムイを込め、かりかりかりかりとボールペンを走らせたのだった。

「記録O」の最終ページ。

わたしの文字ではないこんな一文があった。

〈テキから身を守りテキを殲滅する最良の作戦は、この場所で、無心にトウネーの声を上げつづけることである。トゥトゥトゥトゥトゥ……〉

初出一覧

「うんじゅが、ナサキ」　「すばる」二〇一二年一二月号
（「届けモノ」「海端でジラバを踊れば」）
「ガジマル樹の下に」　「すばる」二〇一三年一〇月号
「Ｑムラ前線ａ」　「すばる」二〇一四年五月号
「Ｑムラ前線ｂ」　「すばる」二〇一四年九月号
「Ｑムラ陥落」　「すばる」二〇一五年六月号
「崖上での再会」　「すばる」二〇一六年一月号

崎山多美（さきやま・たみ）

一九五四年沖縄県西表島に生まれる。
琉球大学国文科卒業。
一九八八年「水上往還」が第十九回九州芸術祭文学賞、最優秀作。

著書：作品集
『くりかえしがえし』（砂子屋書房）
『ムイアニ由来記』（同前）
『ゆらてぃくゆりてぃく』（講談社）
『月や、あらん』（なんよう文庫）
エッセイ集
『南島小景』（砂子屋書房）
『コトバの生まれる場所』（同前）ほか

うんじゅが、ナサキ

二〇一六年十一月一日初版発行

著　者　崎山多美
発行所　有限会社花書院
〒八一〇-〇〇一二
福岡市中央区白金二-九-二
電　話（〇九二）五二六-〇二八七
FAX（〇九二）五二四-四四一一
郵便振替　〇一七五〇-六-三五八八五
印刷所　城島印刷株式会社
ISBN978-4-86561-086-4

定価はカバーに表示してあります。
万一、落丁・乱丁本がございましたら、弊社あてにご郵送下さい。
送料弊社負担にてお取り替え致します。